INVOLUTION
INTERDITE

JAN DE FAST

INVOLUTION
INTERDITE

COLLECTION « ANTICIPATION »

ÉDITIONS FLEUVE NOIR
69, Bd Saint-Marcel, PARIS XIIIe

© 1977, « Éditions Fleuve Noir », Paris.

ISBN 2-265-00328-X

CHAPITRE PREMIER

Pendant deux ou trois minutes, le docteur Alan se contraignit à marcher de long en large entre les parois du poste central, respirant profondément pour éliminer la brève surcharge d'adrénaline, puis il se rassit dans le fauteuil-contour, recommença posément et méthodiquement les manipulations.

D'abord la routine de contrôle des générateurs du champ-enveloppe, des translateurs hyperquadriques et du maître ordinateur : toutes les réponses étaient positives et tous les circuits en parfait ordre de marche, il n'y avait eu aucune défaillance. Il se tourna ensuite vers la console de navigation, répéta le processus de triangulation sur les principales nébuleuses en le précisant au maximum à l'aide des pulsars et autres radiosources. Les mêmes chiffres s'inscrivirent sur les tableaux de coordonnées, le même graphique se matérialisa sur l'écran correspondant, nulle erreur de programmation ne pouvait donc être invoquée.

Décidé à ne laisser aucune place au doute, Alan passa dans la coursive, gagna la section laboratoire du vaisseau, emprisonna son crâne dans le casque de l'électro-encéphalogramme, étudia les courbes lumineuses qui dansaient sur le rectangle de cristal : elles aussi étaient absolument normales — il n'était pas subitement devenu fou, ce qui venait de se passer était bien réel et n'avait rien à voir avec les fantasmes d'une hallucination.

L'impossible s'était donc encore une fois produit, il fallait l'admettre et s'y résigner. Avant tout, ne pas se précipiter, ne pas tenter de manœuvres inconsidérées, aucun danger ne le menaçait pour le moment, il avait tout son temps pour examiner de sang-froid la situation ; le mieux à faire dans l'immédiat était de reprendre pied dans la réalité tangible de son existence d'errant du Cosmos. Les notes musicales du signal d'émersion hors du continuum et de retour dans l'espace einsteinien l'avaient inopinément tiré de son sommeil pour le jeter vers l'écran où luisait une étoile jaune inconnue, il avait aussitôt fait le point et constaté ce qu'il y avait matériellement à constater, il ne pouvait faire plus pour l'instant. Il réalisait qu'il allait devoir faire face à un nouveau destin, mais ce n'était pas une raison pour modifier son comportement habituel de navigateur solitaire : une bonne douche pour achever de chasser les dernières brumes du sommeil, des vêtements frais, un solide petit déjeuner, comme si rien n'était arrivé, et après quoi, verre en main, il se mit à réfléchir.

Le docteur Alan, membre itinérant du Conseil Suprême de la Fédération des Planètes Unies, venait de quitter la planète extrapériphérique Gemma pour regagner Alpha, siège du Conseil et rendre compte de la mission accomplie. Comme son départ avait eu lieu assez tard dans la soirée en temps local et que le dernier jour avait été plutôt mouvementé, il s'était couché aussitôt l'immersion terminée et le *Blastula* dûment engagé sur sa sécante ; dormir étant le meilleur moyen d'effacer la fatigue. Du reste, que faire au sein d'une hypernef sinon une cure de sommeil, l'isolement absolu au-delà de l'interface de la quatrième dimension, le silence total d'un déplacement qui n'est pas un mouvement, la tiède claustration dans un minibiotope individuel, tout concourt à donner une sensation de sécurité quasi fœtale et ce n'était pas par pure fantaisie qu'Alan avait baptisé son vaisseau le *Blastula* : le stade où l'embryon n'est encore constitué que par une sphère creuse enfermée dans une paroi épithéliale. Chaque voyage étant un passage entre deux mondes différents, deux évolutions particulières, était en fait une gestation ; chaque atterrissage sur une planète nouvelle, une naissance dans un milieu nouveau.

Pour le trajet programmé — quarante-sept

années-lumière — et compte tenu de l'orientation du vecteur quadridimensionnel correspondant, la durée de cette interphase mesurée en temps biologique constant, n'était que de soixante-quatre heures standard. C'était trop peu pour se recréer vraiment une mentalité terrienne, mais c'était largement suffisant pour se permettre de faire sans remords la grasse matinée ; il est donc facile de concevoir la stupeur mêlée d'irritation qui s'était emparée de l'Envoyé d'Alpha lorsqu'il avait été réveillé sans ménagement sept heures seulement après le départ. Sa première pensée avait naturellement été qu'une quelconque défaillance matérielle avait stoppé l'hyperdéplacement et que le dispositif de sécurité avait automatiquement ramené le vaisseau dans l'espace réel mais il s'était rapidement convaincu que rien de semblable n'avait pu se produire et que les séquences d'émersion avaient été entièrement normales. Il avait donc entrepris de calculer sa nouvelle position dans la Galaxie et ce fut alors qu'il s'était trouvé réellement face à l'inconcevable. Toutes les triangulations étaient formelles et se recoupaient avec une impressionnante précision près du milieu du Bras spiral deux prime, soit par conséquent à vingt-quatre mille années-lumière du secteur de la Fédération. Sept mille parsecs en sept heures, c'était mathématiquement impossible ; même sur une sécante tangentielle d'échappement il aurait fallu plus de trois semaines en

temps-vaisseau pour accomplir pareil déplacement et du reste, dans ce cas, la nef se serait alors
retrouvée sur la Frange sinon dans le Halo au lieu
de s'être rapprochée du centre galactique. Les
chronos de bord ne pouvaient tromper, l'inadmissible avait bien eu lieu.

Maintenant qu'il ne pouvait plus douter ni des
appareils ni de lui-même, Alan avait reconquis
son calme et son habituelle maîtrise de soi. Il ne
cherchait plus à s'expliquer comment pareil transfert avait pu s'effectuer, il savait que c'était inutile
et que même les extrapolations fantastiques de la
science ne pourraient y parvenir ; les forces mises
en jeu étaient au-delà du domaine de la connaissance. Seulement, en ce qui le concernait personnellement, ce n'était pas la première fois qu'il
avait été soumis à ce genre de phénomène mystérieux. En une certaine occasion, Alan avait même
été transporté corporellement à l'autre bout de la
Galaxie et à de nombreux millénaires en arrière
pour se retrouver tout nu sur une planète perdue
au fond de l'espace et du temps (1). Aujourd'hui
au moins, on lui avait laissé ses vêtements, sa nef
et son équipement. Mais l'impossible processus
demeurait le même dans son essence, ce ne
pouvait être qu'une manifestation de la volonté
des Primordiaux.

Les Primordiaux... En évoquant leur non-

_____

(1) Voir *Les Tueurs d'Ames*.

image, l'Envoyé songeait aussi à ce que d'aucuns appelaient les Grands Galactiques, ces êtres inconnus qui se seraient donné pour tâche de guider l'Univers. Mais il ne s'agissait là que d'une affabulation plus ou moins romanesque d'une aventureuse théorie cherchant à matérialiser d'obscurs concepts religieux ; ces Grands Galactiques, s'ils existaient, ne pouvaient être qu'une étape supérieure de l'évolution, des « Ubermensch », des Surhommes. Les Primordiaux étaient tout autre chose, des entités dont la définition échappait à toute conception, des finalités en soi, bien que ce terme parût en opposition avec le nom sous lequel Alan avait appris à les désigner. Ils étaient atemporels, insubstantiels ; ils étaient l'essence volitive du Cosmos. Jamais ils n'agissaient par eux-mêmes — ils étaient sans doute infiniment trop dématérialisés pour cela — se contentaient de projeter en un temps et un lieu donnés un humain choisi par eux, suivant d'inaccessibles critères et de l'y laisser réagir à sa propre guise, tout comme on jette dans une solution sursaturée un cristal qui la précipite. Aucune communication entre eux et leur agent, celui-ci restait dans l'ignorance la plus complète de la raison pour laquelle il se trouvait là et ce qu'on attendait de lui. Rien à aucun moment ne lui disait si ses actes seraient ou non conformes au but voulu et même s'il y avait réellement un but à atteindre. Pourquoi Alan avait-il été choisi pour être un pion sur l'incommensurable échiquier de l'Univers ? Combien étaient-ils, semblables à lui, à être ainsi manipulés de case en case par le doigt invisible qui se jouait de toutes les lois de la physique ? Jusqu'alors il n'en avait rencontré que trois autres, mais il était probable que leur nombre était à la mesure du Cosmos et que la plupart d'entre eux n'avaient jamais conscience d'être engagés dans la fantastique partie. De toute façon il venait de faire le saut et il n'avait pas l'intention de reculer, il acceptait l'aventure qui s'ouvrait et s'efforcerait de la vivre jusqu'au bout en espérant seulement que ses actes et ses décisions iraient dans la bonne direction, celle de cet accomplissement dont il ignorait tout et dont la signification lui échapperait peut-être toujours. Un instant il pensa à envoyer un message à sa Base pour que ses pairs et ses amis sachent que le Blastula ne s'était pas perdu corps et biens mais il chassa aussitôt cette pensée. Cette communication aurait pour premier résultat de faire connaître sa position en risquant ainsi de provoquer ultérieurement des interventions susceptibles de modifier la trame du destin. Du reste, pendant le temps à venir, il n'était plus l'Envoyé d'Alpha...

Alan repassa dans le poste central, se concentra sur l'étude du système local dans le champ duquel

la nef avait émergé au terme de son extraordinaire
dérive. En masse, couleur et température, le
primaire apparaissait très analogue à Sol. C'était
un premier indice encourageant et permettant
d'espérer que, s'il possédait un cortège de satellites, l'un d'entre eux au moins avait une chance de
présenter des conditions acceptables pour le développement de la vie. Le scanner télescopique isola
les unes après les autres trois planètes seulement,
ce qui était bien au-dessous de la moyenne, mais
en revanche l'une d'entre elles ne tarda pas à fixer
l'attention de l'observateur : son rayon orbital
était voisin de l'unité astronomique et sa température de surface devait donc se situer dans les
limites de la normale. Le spectrographe entra en
jeu, révéla la présence d'une couche atmosphéri-
que où les raies de l'oxygène, de l'hydrogène, du
carbone et de l'azote s'emplacèrent de façon
convaincante. Enclenchant les propulseurs
magnéto-gravitiques, le Terrien lança le vaisseau
sous haute accélération dans une parabole de
poursuite jusqu'à ce que la trajectoire d'approche
se transforme en une première ellipse autour du
globe pendant que, au fur et à mesure que la
distance décroissait, les appareils enregistraient
des données de plus en plus conformes à ce
qu'Alan espérait. Air, eau, végétation, climatolo-
gie, tout concourait à définir un monde terramorphe ; c'était d'ailleurs dans la logique des choses,
car, s'il partait du principe qu'une volonté supé-

rieure à la sienne l'avait transporté dans ce lieu particulier de la Galaxie, ce ne pouvait être dans le seul but de lui faire découvrir des mondes inhabitables et déserts.

Une première constatation apparut au cours de l'heure qui suivit : à aucun moment, les détecteurs ne signalèrent l'existence de sources d'énergie artificielle à la surface de la planète, elle n'abritait donc pas de civilisation évoluée au stade technologique. Ce premier point acquis, la descente continua jusqu'à un niveau suffisamment bas pour qu'il soit possible d'activer les psychosenseurs, ces capteurs d'ondes encéphaliques qui allaient permettre de déceler et localiser l'existence d'une vie intelligente. Volant à très grande vitesse à une trentaine de kilomètres d'altitude, le pilote entreprit de décrire toute une série d'immenses zigzags au-dessus des parties continentales de la zone tempérée, recherchant et explorant les secteurs qui semblaient les plus favorables à une implantation : régions littorales, vallées alluvionnaires, ensembles lacustres, hauts plateaux propices à l'élevage, passant alternativement de la face diurne à la face nocturne ; le temps s'écoulait, additionnant les heures les unes après les autres sans que la moindre réponse n'anime le lecteur cathodique. Il y avait bien tout en bas un dense emplacement de lignes bleuâtres quasi horizontales qui disaient que la vie animale supérieure était abondante, des mammifères sans doute, peut-être même des singes ou des lémuriens, mais jamais, à aucun moment, ne pointaient les dents de scie écarlates que l'Envoyé guettait avec une impatience qui finissait par devenir épuisante. Son regard ne se détournait du psycho-senseur que pour se reporter sur l'écran de vision extérieure où les images ne faisaient que confirmer l'absence de détection, car aucun indice d'activité humaine ne s'y montrait. Ni traces de défrichage, ni habitat, ni champs cultivés, ni chemins ou sentiers. Partout le sol était résolument vierge.

Certes son exploration était encore loin d'avoir couvert la totalité des continents et des îles mais la probabilité devenait maintenant très grande qu'elle serait négative jusqu'au bout. Ce ne serait sûrement pas dans les calottes glaciaires des pôles ou dans les déserts équatoriaux que des humanoïdes iraient chercher leur subsistance lorsqu'il y avait ailleurs tant de conditions beaucoup plus favorables à leur développement. Mais alors, si réellement cette planète était intégralement inhabitée, pour quel motif les Primordiaux y avaient-ils amené Alan ? Chaque fois qu'ils avaient influé sur lui de cette façon, ç'avait été pour le mettre en face de problèmes touchant l'évolution d'une ou plusieurs races humaines, des problèmes qu'il pouvait donc tenter d'appréhender et s'efforcer de résoudre dans ce qu'il espérait être la bonne voie. Mais à quoi pouvait-il être utile ici puisqu'il n'y avait personne ? Évidemment, il faudrait finir par atterrir quelque part, examiner les choses de plus près et à tête reposée, tenter de comprendre... Peut-être une civilisation avait-elle vécu là autrefois, qui aurait laissé des traces dont la signification serait révélatrice ? Alan ne perdait pas courage. Toutefois un sentiment de déception commençait à l'envahir. Il immobilisa le *Blastula* au-dessus d'un océan, se détendit en dînant et en s'abandonnant au repos physique, décida d'accomplir un dernier survol circulaire complet, autant par acquit de conscience que pour faire choix d'un lieu où se poser. Dans cet ultime parcours, il s'était presque complètement détourné du psycho-senseur dont le rôle devenait à ses yeux secondaires. Il ne détaillait plus que le paysage et il s'en fallut de très peu que le spot qui apparut pendant une fraction de seconde lui échappât. La pointe lumineuse n'avait frappé que le bord extrême de son champ de vision, la perception avait été plutôt subconsciente que réelle, et il lui fallut un temps appréciable pour réaliser qu'elle avait bien eu lieu. D'un geste brutal, il bloqua la propulsion, vira sur place, repartit à vitesse réduite, stoppa à nouveau lorsque la brillante sinusoïde réapparut. Immobile, sourcils froncés, il la contempla longuement. Elle était d'une précision et d'une netteté parfaites, présentait une amplitude constante, invariable, et une seule crête ; aucun doute ne pouvait exister : elle émanait d'un unique cerveau. Alan cherchait une race humaine planétaire et il n'avait trouvé qu'un individu solitaire. Même pas un couple dont la présence aurait pu lui faire croire qu'il arrivait au tout début de la genèse ; la planète était peut-être un Eden, mais à quoi peut servir un paradis terrestre si Adam s'y trouve sans Ève ou Ève sans Adam ? La pensée l'effleura un instant qu'une mutation isolée s'était produite là, un grand singe anthropomorphe avait été touché par l'étincelle et était devenu le « missing link » — le chaînon manquant. Mais l'hypothèse était insoutenable et la courbe était beaucoup trop haute et trop pure, l'être pensant qui errait dans la forêt était vraiment un être humain pourvu d'un cerveau aussi développé que le sien et non d'une intelligence embryonnaire. Comment avait-il été créé ? D'où venait-il ? A quoi devait-il penser dans son affreuse et tragique solitude ?... Était-ce un naufragé de l'espace et les Primordiaux n'avaient-ils dérouté Alan que pour venir à son secours ? Et dans ce cas, quelle inconcevable et fantastique importance pouvait bien avoir cette intime parcelle de vie en regard du destin des millions de milliards qui peuplaient la Galaxie pour qu'il soit nécessaire de la sauver ?...

CHAPITRE II

Au-dessous du *Blastula* et à l'endroit où se situait le siège d'une activité psychocérébrale la nuit régnait mais elle touchait à sa fin, la frange du terminateur approchait et l'aube allait bientôt se lever. Profitant de la dernière heure d'obscurité, Alan amorça la descente verticale, stabilisa la nef à un millier de mètres de hauteur, conjuguant radars, lidars et infra-rouges pour obtenir une image nette et claire du territoire survolé. Une large rivière se dessina, formant un double méandre au fond d'un vallon assez encaissé entre des falaises calcaires sans qu'il s'agisse cependant d'un véritable canyon, la trouée était suffisamment élargie pour que chacune des deux boucles renferme une grande plage en arc couverte d'herbes et entourée de végétation arboricole. C'était au centre de l'espace libre d'amont que se trouvait l'humanoïde. Il était nettement visible, recroquevillé à mi-pente au pied d'un bloc de rocher et le réglage de l'analyseur fit apparaître la lente courbe des ondes delta démontrant que l'immobilité du sujet était due au sommeil : il dormait paisiblement. Après un examen attentif, l'Envoyé décida d'atterrir au centre de la seconde plage en aval, le petit contrefort qui séparait les deux arrondis était suffisant pour masquer le vaisseau aux vues de l'amont ; il était préférable que le dormeur en se réveillant ne risque pas de s'affoler en apercevant devant lui cette énorme masse de métal incompréhensiblement surgie dans le paysage. Alan aurait pu également laisser le *Blastula* très haut dans le ciel et descendre à l'aide du module, mais puisqu'il savait qu'il n'avait affaire qu'à un individu isolé et non à un peuple, pareille précaution était inutile. L'atterrissage s'effectua avec une sage et silencieuse lenteur, le pilote vérifia posément la composition exacte de l'atmosphère ainsi que l'absence de radioactivité dangereuse ou de germes pathogènes, ouvrit le sas. Il avait conservé son costume habituel, une simple tunique et il jugea préférable de ne pas revêtir la classique combinaison souple métallisée de l'explorateur galactique, elle lui aurait donné un aspect trop étrange et insolite pour un premier contact ; d'après ce qu'il avait pu voir sur l'écran, l'être qu'il allait rencontrer n'était certainement pas un astronaute, il n'était enveloppé que d'une longue étoffe blanche sans rapport avec une tenue spatiale.

Quand il descendit la rampe et prit pied dans

les hautes herbes, Alan constata que le jour se levait rapidement, tous les détails environnants s'étaient dégagés de la pénombre, des oiseaux chantaient de toute part et, au sommet de la falaise dominant l'autre rive, une touche de rose s'était posée. Il se mit en marche vers la surélévation boisée qui formait écran, la gravit juste au-dessus du point où elle s'infléchissait vers la courbe de la rivière, redescendit de l'autre côté. Les derniers troncs contournés, il se trouva dans une nouvelle prairie, continua à avancer dans la lumière sans cesse accrue. Il atteignit ainsi une sorte de terrasse intermédiaire au bout de laquelle se dressait le rocher repéré, s'approcha encore. Maintenant il distinguait nettement la silhouette repliée à vingt mètres de lui et, après avoir focalisé ses cristallins pour agrandir encore l'image, il hocha la tête en souriant. D'en haut, ça n'avait été qu'une vague impression, mais maintenant c'était une certitude ; les courbes qui se précisaient sur sa rétine ne laissaient plus de place au doute : le dormeur était une dormeuse, l'Adam de cette planète vierge était une Ève. Avait-il donc été transporté jusque-là pour être son complément et commettre avec elle le péché originel d'où sortirait une nouvelle race ? Cette pensée déclencha chez lui une involontaire hilarité. Cette femme n'avait sûrement pas été créée par génération spontanée et dans le seul but d'être fécondée par lui... Ce rire qui lui échappa annula toutes les précautions qu'il avait prises jusqu'alors, il retentit sonore dans le silence et réveilla l'inconnue. Elle ouvrit les yeux, demeura quelques secondes comme hébétée, incapable de réaliser le cadre qui l'entourait puis, brusquement, elle se leva d'un bond souple, rejetant d'un geste vif sa longue chevelure d'un blond platine plus clair que sa peau ambrée, le fixant de ses grands yeux obliques aux iris dorés. Il s'était arrêté, contemplant silencieusement les lignes juvéniles de cette silhouette qui n'avait rien de commun avec le lointain Néanderthal et ce fut elle qui la première se mit en mouvement, marcha vers lui. Elle s'arrêta à deux pas. Visage tendu dans une sorte d'émerveillement, elle leva un bras dans sa direction et ses lèvres de couleur parme s'entrouvrirent en un sourire hésitant.

— Alan ?... murmura-t-elle.

Pendant un bref laps de temps, une stupeur bien naturelle paralysa l'Envoyé : découvrir sur ce lointain monde primitif une jeune femme aussi séduisante constituait déjà en soi un phénomène d'autant plus extraordinaire qu'elle était seule de son espèce sur la planète entière, mais l'entendre l'appeler par son nom !... Déjà elle repliait son bras, posait sa main sur sa propre poitrine.

— Doniya.

Elle répéta la triple syllabe pour souligner qu'il s'agissait de son patronyme, enchaîna en une

longue phrase chantante et totalement incompréhensible. Avec son plus chaud sourire, l'Envoyé
secoua la tête, répéta le geste de présentation pour
confirmer qu'il s'appelait bien Alan, déclaration
qui provoqua un nouveau torrent de phonèmes
terminé par une moue interrogative. En réponse,
il ne put qu'écarter les bras en soupirant avec
bonne humeur, le contact paraissait s'établir sous
les meilleurs auspices mais, faute d'interprète, la
communication ne dépasserait pas le stade de la
mimique et, dans le cerveau du Terrien, d'innombrables questions se pressaient qui ne pouvaient
obtenir de réponse. Il fallait prendre une décision,
franchir la barrière du langage, quitte à risquer de
provoquer chez l'inconnue un choc qu'il faudrait
ensuite l'aider à surmonter. Il tendit doucement le
bras, enferma dans sa paume la main tiède qui
s'abandonna aussitôt.

— Viens..., fit-il d'une voix rassurante.

Il se détourna pour entraîner la jeune femme
vers la crête qui les séparait de l'autre plage, mais,
au bout de quelques pas, elle parut comprendre
son intention, se dégagea sans brusquerie, émit
une phrase dont les modulations semblaient exprimer à la fois une excuse et une promesse. Il la
lâcha, la regarda courir dans la pente, disparaître
dans un bouquet d'arbres au bord de la rivière
tandis que, sans la moindre inquiétude, il se
détournait pour s'asseoir dans l'herbe. Il n'était
pas nécessaire d'être un physiologiste en renom

pour comprendre qu'au terme d'une nuit de sommeil, la jeune personne désirait quelques instants de pudique isolement. Elle ne tarda pas à réapparaître, fraîche, souriante, sa chevelure disciplinée en une brillante torsade, sa longue robe de fine étoffe claire soigneusement déplissée et remise en ordre. Elle lui rendit sa main, se mit à marcher sagement à côté de lui. En arrivant sur le dévers, elle s'arrêta en poussant une petite exclamation, elle venait d'apercevoir la coque étincelante de l'hypernef. Alan accentua sa pression, dessina de son bras libre une série de gestes qui allaient du *Blastula* à sa propre poitrine.

— N'aie pas peur... C'est ma maison...

L'hésitation de sa compagne ne dura pas, elle se laissa guider sans la moindre résistance, détaillant le vaisseau d'un regard où se lisait une intense curiosité. Côte à côte ils gravirent la rampe et, dès le sas franchi, le Terrien l'emmena directement dans le carré de l'habitacle, sans passer par le poste central dont l'équipement futuriste et sophistiqué aurait pu trop vivement impressionner la visiteuse. En revanche, le cadre du salon parut l'enchanter ; d'elle-même, elle se mit à le parcourir d'un bout à l'autre, caressant des doigts la surface polie des meubles, se laissant tomber dans les fauteuils, poussant des exclamations admiratives. Évitant d'actionner les robots, Alan confectionna lui-même un jus de fruit, remplit deux verres, la regarda déguster le breuvage et manifester une gourmande satisfaction. Il fallait maintenant procéder à l'opération essentielle, celle de la liaison interencéphalique qui mettait en résonance les cortex de leurs deux cerveaux et assurerait le transfert de l'acquit mémoriel des centres du langage. En sens unique pour le moment, il était inutile que Doniya s'imprègne de la lingua media des Planètes Unies, il suffisait que l'idiome de la jeune femme soit contretypé dans les lobes de l'Envoyé ; il avait déjà appris de cette façon tant de langues galactiques qu'il n'en était plus à une près. L'ordinateur psycho-sémantique se trouvait de l'autre côté de la cloison, mais le câble des électrodes était assez long pour être tiré jusque dans le carré. Alan le fit passer dans l'entrebâillement de la porte, assujettit l'un des bandeaux autour de son front, se pencha sur la fille qui se laissa faire avec une parfaite soumission. S'asseyant à côté d'elle et passant un bras autour de ses épaules, il actionna la télécommande et tous deux s'endormirent à la même seconde. Deux heures plus tard, le degré de saturation atteint, les circuits s'interrompirent automatiquement, provoquant le retour à la conscience active. Le Terrien se leva, déboucla les bandeaux qu'il fit disparaître, remplit à nouveau les verres.

— Hé bien, jeune Doniya, ma demeure ne te semble pas trop déplaisante ?

— Oh ! fit-elle en bondissant sur ses pieds, je savais bien que tu devais parler sarandien ! Pourquoi ne l'as-tu pas fait tout de suite, quand tu m'es apparu ?

— Parce qu'il fallait d'abord que tu me l'apprennes, même si c'était à ton insu. C'était le rôle de ces bandeaux : lire dans ta tête et inscrire dans la mienne.

— C'est merveilleux ! Tu es un très grand savant, n'est-ce pas ?

— Ça dépend du point de vue auquel on se place. Maintenant qu'il n'y a plus de barrière entre nous, tout va devenir facile et nous allons faire complètement connaissance. Mais d'abord, je suppose que tu dois avoir faim et du reste moi aussi. Je vais préparer le repas, nous bavarderons en mangeant. Quelle sorte de nourriture as-tu l'habitude de consommer ?

— C'est vrai que je n'ai pas mangé depuis... depuis hier, je crois... Je prendrai tout ce que tu voudras, des céréales, des légumes, des fruits...

— Pas de... Il s'interrompit pour chercher le mot viande, ne le trouva qu'indirectement. Pas de chair animale ?

— Oh ! non, jamais ! Je ne suis pas une cannibale ! Tu en manges, toi ?

— C'est une source de... nous appelons cela des protéines. Cela ne te dégoûtera-t-il pas de me voir en absorber ?

— Certainement pas, Alan. Je sais que tu es d'une autre essence que moi et je serai terriblement malheureuse si ma présence était une

contrainte pour toi. Si tu l'ordonnes, je suis prête
à partager ta nourriture.

— Tu ne la digérerais probablement pas,
Doniya, il ne faut jamais forcer la nature. Les
herbivores et les omnivores peuvent faire bon
ménage quand ils sont civilisés…

— Doniya, fit Alan lorsque leur première
fringale fut apaisée, j'ai la certitude que ce monde
sur lequel je viens de te trouver n'est pas le tien.
D'où viens-tu et comment ?

— Je ne sais pas… Ou plutôt si, je le sais très
bien, je suis née et j'ai toujours vécu à Sarand.
Peut-être derrière les montagnes de l'autre côté de
la rivière ? Très loin en tout cas, le ciel, les arbres,
même les fleurs, tout est différent ici.

— Quel chemin as-tu parcouru ?

— Aucun. Hier encore j'étais… Écoute, il faut
que je te dise. Je m'étais endormie dans mon
appartement de l'aile gauche du palais et un rêve
est venu me visiter. Un rêve étrange, si réel… Je
me trouvais debout dans cette prairie où tu m'as
rencontrée, les falaises se dressaient au-dessus,
l'eau coulait et tu venais vers moi. Exactement
comme tout à l'heure, dans le même costume,
avec le même visage et le même sourire. Alors une
voix a résonné dans le silence, elle disait : « Voici
Alan, il est celui qui est annoncé, le guide que ton
peuple attend et que tu dois suivre. Réveille-toi
et, quand le soir tombera, va jusqu'à la porte du

Vieux Temple. N'aie aucune crainte, le Destin te protège. »

— Attends ! Tu as donc eu un songe prémonitoire dans lequel tu as vécu en avance le moment où tu t'es réveillée ce matin. Cela explique donc que tu m'aies reconnu et que tu aies su mon nom. Mais que signifie ces mots que tu as entendus : « celui qui est annoncé... » ?

— Le sens en était clair ! La voix rappelait une ancienne prophétie inscrite dans nos livres sacrés et que nous connaissons tous : les dieux ont promis qu'un jour un homme viendra du ciel qui s'unira à la reine de Sarand et que par lui les portes de la vie se rouvriront. Tu es cet homme, n'est-ce pas ?

Alan soupira. Le récit de Doniya ne faisait que confirmer le rôle des Primordiaux dans cette étrange aventure. Seules des entités extratemporelles pouvaient avoir dicté semblable prophétie plusieurs siècles avant que celui dont ils feraient leur instrument soit né. Pour eux il n'y avait ni passé ni avenir, ce qui devait être avait déjà été. Mais quel était son propre rôle dans ce qui devait arriver maintenant ? Être un messie, le fondateur d'une nouvelle religion ? Convaincre les Sarandiens que le système digestif humain contient toutes les diastases et que par conséquent des éléments carnés doivent être inclus dans leur nourriture afin que le métabolisme cellulaire soit complet ? A en juger par l'attirante vitalité émanant de Doniya, le régime végétarien ne semblait pas si mal lui réussir, et projeter au travers de la Galaxie un messie dans le seul but de lui apprendre à savourer un beefsteack paraissait un acte bien puéril... Il y avait certainement un motif tout différent, ce serait à lui de le découvrir quand il en saurait davantage.

— Continue ton récit. Parle-moi de ce vieux temple.

— Il est à moins d'une demi-heure de marche au flanc des collines qui bordent le parc du palais. Ce ne sont que des ruines, maintenant, envahies de lianes et de mousses mais il a dû être très beau. J'ai obéi à la voix et à l'heure du crépuscule, j'ai suivi le chemin. Il faisait presque nuit lorsque j'ai atteint les marches brisées qui montent vers l'arche et... tout s'est effacé.

— Tes yeux se sont fermés et tu as sombré dans un irrésistible sommeil, n'est-ce pas ? Pour te réveiller dans un autre lieu que tu ne connaissais pas ?

— C'est bien cela. J'ai dormi si profondément que jamais je n'avais connu pareil anéantissement. Je n'ai rien senti et pourtant on m'a transportée ici, dans ce pays que je ne connais pas. Comment cela a-t-il pu se faire ? Tu dois le savoir, toi ?

Alan sourit sans répondre. Ce transfert instantané dans l'espace était un phénomène auquel lui-même avait déjà été soumis autrefois mais il aurait été bien en peine d'en expliquer la technique, il

pouvait seulement la reconnaître par expérience.
Il posa une autre question.

— Sarand est-il un monde très peuplé ?

— Oh oui ! Je ne sais pas combien nous
sommes exactement, ça doit faire plus de quatre
cents millions. Il y a deux continents où sont
répartis beaucoup de villes et encore plus de
villages tout autour. Notre capitale est la plus
grande. Elle compte trois cent mille habitants.

L'Envoyé s'attendait à une description de ce
genre. Elle lui confirmait que la race à laquelle
appartenait la jeune femme existait sur une autre
planète que celle où le *Blastula* avait atterri
puisque les appareils n'avaient détecté nulle part
la moindre trace de vie humaine. Tout comme le
Terrien, Doniya avait été transférée au travers des
étoiles pour que la conjonction ait lieu sur un
territoire auquel ni l'un ni l'autre n'appartenaient
et cette constatation ne faisait que rendre plus
opaque le mystère. Pourquoi, si la prophétie
annonçait que le peuple de Sarand attendait un
guide ou un roi en la personne d'Alan, ce dernier
ne lui avait-il pas été envoyé directement ? Pourquoi Doniya avait-elle été déplacée pour le rencontrer ailleurs ? Cela n'avait pas de sens...

— Je pense à une chose, fit-il après un instant
de réflexion. Tu m'as dit que celui qui doit venir
s'unira à la reine de Sarand et tu m'as dit aussi
que tu habitais dans le palais. Serais-tu cette
reine ?

— Elle s'appelle Weena et je suis sa sœur. Elle est très belle, tu verras.

— Je l'espère, puisqu'il semble qu'on ne me laisse pas le droit de choisir et que le destin est déjà écrit. C'est peut-être dommage, car tu me plais...

— Vrai ? Que je suis heureuse ! Moi aussi je serai tienne ! C'est la loi dans notre caste : les sœurs ne peuvent être séparées, elles doivent épouser le même mari pour que les descendants soient tous du même sang.

— Ah bon ? Et... combien êtes-vous ?

— Seulement trois. Nusia est la plus jeune mais ce n'est pas la moins jolie...

Bien que l'éventualité de se trouver un jour le seigneur d'un petit harem dont l'échantillon qu'il avait sous les yeux était fort à son goût, Alan jugea bon d'orienter le dialogue vers des sujets moins personnels. Il était indispensable qu'il se forme une image plus nette et plus approfondie de cette civilisation inconnue et Doniya s'empressa de la lui décrire de son mieux. Le stade en était prétechnologique sans être primitif, évoquant par certains côtés la Terre à l'époque gréco-romaine. La religion également était polythéiste mais ne semblait pas jouer un rôle important sur la politique. Ni les rigueurs de la morale ni l'austérité des mœurs n'étaient érigées en dogme. L'artisanat était développé ainsi que les arts plastiques, la musique et la poésie n'étaient pas négligées. Le régime social semblait peu hiérarchisé, sans barrières de castes, seul le pouvoir central gardait un certain caractère d'absolutisme, rappelant un peu celui des pharaons égyptiens avec le principe héréditaire assurant la continuité génétique. Mais ce qui donnait à cette civilisation et à son biotope un aspect très particulier, c'était précisément cet exclusivisme végétarien en matière de nourriture. Jamais de viande ni de poisson, sans toutefois que ce tabou s'étende aux produits secondaires de la vie animale. Les œufs, le lait, le miel avaient leur place dans l'art culinaire et, somme toute, la diététique était mieux équilibrée qu'Alan ne l'avait craint. L'alcool non plus n'était pas dédaigné, les techniques de fermentation et de distillation étaient connues et Doniya accepta très volontiers de savourer les vins et les liqueurs qui accompagnèrent et prolongèrent le repas. Toutefois, le côté le plus marquant de ce mode d'alimentation était qu'il ne se limitait pas à l'espèce humaine ; il était planétaire. Sauf peut-être chez les poissons, il n'y avait pas d'animaux carnivores à la surface de Sarand, aucun prédateur, uniquement des herbivores, des insectivores et des rongeurs. C'était probablement là une explication au comportement de la race : la généralisation d'un mode donné de nutrition devenant sinon une loi naturelle, tout au moins une donnée constante. Aucune bête ne tuait pour satisfaire sa faim,

l'homme agissait de même. Le résultat le plus
direct était la non-existence de l'instinct de meurtre et, par conséquent, le pacifisme le plus intégral
— s'il n'y a pas de loups pour manger les
côtelettes des moutons, ces derniers n'iront pas se
dévorer entre eux. Le panthéon de la religion
sandarienne comportait des répliques de Vénus,
de Mercure ou de Cérès, mais ni Diane ni Mars
n'y figuraient. Encore une fois Alan se posa la
question : quel rôle pourrait-il bien être amené à
jouer au sein d'une société qui apparaissait tellement plus parfaite que toutes celles qu'il connaissait ? Un monde où l'on ignorait la violence et la
guerre... C'était l'âge d'or qui régnait là-bas, les
Primordiaux auraient dû y envoyer François d'Assise, pas lui... En tout cas, il n'y était pas encore et
il n'y arriverait peut-être jamais. Car Doniya ne
possédait pas la plus petite notion d'astronomie ;
ce n'était pas elle qui pouvait lui apprendre où se
trouvait cette planète virgilienne. Le fait qu'une
main invisible l'en ait arrachée pour la projeter à
la rencontre du Terrien n'impliquait aucun élément de distance, Sarand pouvait tout aussi bien
être à deux années-lumière qu'à mille parsecs dans
n'importe quelle direction...

Les heures s'étaient écoulées en lente succession, le soleil avait disparu derrière les escarpe-
ments de la rive, l'eau de la rivière s'était assom-
brie. Juste dans l'axe de l'échancrure de la gorge,

une première étoile avait scintillé puis d'autres avaient cloué l'indigo de la voûte céleste, les constellations inconnues avaient pris possession de la nuit. Un souffle froid passa, descendant de la gorge. Doniya frissonna sous la soie légère.

— Rentrons, fit Alan en se levant et en aidant la jeune femme à se remettre sur ses pieds. Ta route était à sens unique, nous devrons en trouver une autre ailleurs.

Il avait tenté l'expérience en rappel de son propre passé, cette aventure au cours de laquelle il avait été emporté pendant son sommeil sur une autre planète, exactement de la même façon que la princesse sarandienne avait été spatialement déplacée. Lorsque tout avait été terminé et le destin accompli, il était revenu s'étendre à l'endroit même où il s'était réveillé, s'était rendormi et la main invisible l'avait ramené chez lui, sur Alpha. Peut-être le même genre de transfert immédiat allait-il se produire. Il suffisait de retourner au pied de ce rocher où Doniya avait été déposée, de s'étendre à ses côtés, ils repartiraient tous deux ensemble ; comme en cette autre occasion, les Primordiaux ne voulaient pas qu'il apparaisse là-bas avec son vaisseau et toute l'écrasante supériorité, toute la fantastique puissance recelée dans les flancs de la coque de métal, ce serait la raison du double déplacement. Une rencontre en terrain neutre, sur un monde vierge où le *Blastula* pourrait attendre en toute sécurité loin de tous les regards pendant que son pilote irait ailleurs avec son cerveau pour seule arme ; un homme semblable aux autres et non pas un dieu maniant la foudre. Alan avait donc descendu la rampe les mains nues, il avait même abandonné sa précieuse ceinture dont les poches secrètes renfermaient tout un arsenal miniaturisé, il avait bloqué le sas et, en compagnie de Doniya, il était retourné sur la première plage s'étendre à ses côtés. Mais le sommeil hypnotique n'était pas venu, rien ne s'était produit, ils étaient demeurés à la même place, allongés côte à côte, contemplant silencieusement la tombée de la nuit sur l'immuable décor. Sarand restait inaccessible, il appartenait désormais à Alan de la découvrir par ses propres moyens. Il avait compris que l'intervention des Primordiaux était terminée. Deux pions avaient été mis en place sur la même case blanche, la partie était engagée, la partie aveugle où les autres pièces évoluaient quelque part sur l'échiquier sans limite. La reine était tout au fond de ce ciel immobile et glacé, attendant le roi...

Ils revinrent lentement vers la nef, réintégrèrent l'habitacle. Alan traversa le carré, fit glisser le panneau qui donnait dans son appartement.

— Quelle jolie chambre ! s'exclama Doniya. C'est la tienne ?

— Il y a trois autres cabines de l'autre côté de la coursive, la place ne manque pas. Tu peux choisir à ton gré. Mais désires-tu que nous nous séparions pour la nuit ? Après tout, tu es déjà ma fiancée...

Il avait enserré de son bras la taille souple, attiré vers lui la jeune femme qu'il sentait prête à s'abandonner, une cuisse tiède effleura la sienne, une poitrine aux seins durs se cambra sous le frôlement de sa main, une onde brûlante de désir vibra comme un premier spasme au creux des reins arqués. Le visage de la belle proie se renversa en arrière, ses lèvres humides s'écartèrent, ses prunelles dorées basculèrent. Cette muette acceptation ne dura qu'une brève seconde, brusquement Doniya se ressaisit, se raidit tout entière, repoussa Alan avec une force inattendue, se dégagea de l'étreinte.

— Non, il ne faut pas ! Nous devons être sages !

— Pourquoi ? Je te déplais à ce point ?

— Oh ! ne dis pas cela, je t'en supplie ! Tu le sais bien que je suis à toi, que je te désire de tout mon corps et de toute mon âme. Ne le sens-tu pas ? T'embrasser, te caresser, me donner toute à toi, je ne pense qu'à cela depuis le moment où j'ai ouvert les yeux pour comprendre que mon rêve était devenu réalité. Je suis ton amoureuse, mais je dois obéir à la loi.

— Quelle loi ?

— Ne te l'ai-je pas dit ? Nous sommes trois et nous devons devenir toutes les trois tes femmes, l'union ne peut être incomplète. Si encore j'étais l'aînée, je pourrais m'imaginer que je ne fais que profiter de mon droit de préséance, mais c'est Weena et c'est donc elle qui doit entrer la première dans ton lit, je viendrai ensuite et finalement Nusia.

— Combien de temps s'écoulera entre cha-que... entrée en scène de mes épouses ?

— La règle n'en parle pas, aucun intervalle n'est prescrit puisqu'en définitive nous serons toutes ensemble. C'est seulement l'ordre d'âge qui compte, c'est pourquoi j'ai dit que si j'avais été l'aînée, je ne t'aurais pas résisté, la succession aurait été respectée et le rite se serait complété dès notre retour au palais. Maintenant, si tu l'exiges, tu peux m'emporter dans ta chambre, j'ai trop envie de toi pour me défendre plus longtemps, mais j'aurai commis un péché dont le remords me poursuivra.

— Et si nous ne réussissons pas à retrouver Sarand ? L'univers est tellement immense...

— Tu y arriveras certainement, puisque c'est écrit dans la prophétie et que la Voix l'a confirmé. Bien sûr, si le destin changeait et devenait contraire, j'oublierais ma loi pour obéir à la tienne. Mais j'ai tellement confiance...

— D'accord, chérie. Accompagne-moi, je vais te conduire à ta chambre et tu pourras dormir paisiblement...

Après avoir réexpliqué à Doniya le fonctionne-ment de la salle de bains et la manœuvre des commandes d'éclairage et de température, le Terrien regagna son appartement. Il éprouvait naturellement un sentiment de déception en pensant qu'il allait dormir solitaire à quelques mètres d'une très jolie fille qui était pourtant si prête à céder à son désir mais il se rendait compte qu'il avait failli commettre une faute grave. La civilisation à laquelle elle appartenait avait implanté en elle ses tabous, il ne fallait pas qu'ils soient enfreints, l'acte aurait déterminé chez elle un traumatisme psychique dont les conséquences pouvaient être désastreuses. En même temps, il réalisait avec une douce ironie pourquoi c'était Doniya qui avait été envoyée à sa rencontre et non Weena. Si c'avait été celle-ci, elle n'aurait fait aucune difficulté pour se donner à lui, mais ensuite l'intérêt d'Alan pour la mystérieuse Sarand aurait été beaucoup moins vif puisque ses désirs sensuels auraient été comblés, tandis qu'avec la sœur cadette, il demeurait sur sa faim : elle ne pourrait être à lui que lorsqu'il l'aurait ramenée dans son palais. Elle était l'appât...

La nuit s'était écoulée, le soleil était revenu dorer les falaises, réveillant le bourdonnement des insectes et le ramage des oiseaux. Il y avait maintenant plus de vingt-quatre heures planétaires que l'hypernef avait atterri pour recueillir Doniya et cependant le grand vaisseau demeurait immobile sur les bords de la lente rivière. Pour la première fois peut-être Alan s'avouait incapable de prendre une décision. Dans la matinée, ils étaient desendus ensemble au bas de la plage, s'étaient dévêtus pour nager dans l'eau fraîche et transparente et là encore le Terrien avait dû faire appel à toute sa volonté pour ne pas trahir son émoi. La jeune femme intégralement nue, courait, plongeait, s'ébattait auprès de lui avec tant d'innocence dans son impudeur que sa beauté n'en était que plus provocante. Mais il avait accepté de jouer provisoirement le jeu, tant qu'il y aurait encore un espoir de trouver la route de son monde. Pour mieux éloigner la tentation, il s'absorba dans ses pensées, reprit pour la dixième fois l'enchaînement des hypothèses.

Les seuls éléments positifs dont il disposait étaient d'une part la connaissance de la position cosmographique de cette planète où Doniya et lui avaient été réunis et de l'autre la certitude qu'ils avaient été tous deux enlevés et transférés par ces forces inconnues qui se jouaient de l'espace aussi bien que du temps. Grâce à ses instruments, l'Envoyé avait pu calculer les coordonnées actuelles, mais c'était tout, le trajet subi par la jeune femme demeurait indéterminable et son caractère d'instantanéité absolue interdisait toute notion de mesure. Toutefois une remarque significative apparaissait de prime abord : les intentions des Primordiaux ne devaient pas se borner à provoquer seulement la rencontre de deux êtres, car alors il aurait suffi d'en déplacer un seul pour le matérialiser auprès du second quel que soit le lieu, tandis que chacun des deux sujets avait été projeté vers un point de convergence. Le Terrien avait déjà envisagé la pensée que le but pouvait être la création d'une race nouvelle sur cette planète vierge — Adam et Ève se retrouvant dans le jardin d'Eden et unissant leurs chromosomes pour donner l'essor d'une humanité future, mais outre qu'Alan ne se voyait guère finissant ses jours dans la peau d'un patriarche biblique, le paradis n'en était pas un puisque Ève se refusait chastement à croquer la pomme et Adam était bien trop respectueux des tabous pour la forcer à partager avec lui le fruit défendu. Par-dessus le marché, si le couple avait été condamné à récrire l'histoire de la Genèse, on ne lui aurait pas laissé la libre disposition de l'hypernef... Toutes ces considérations ne conduisaient en définitive qu'à une seule conclusion que la prophétie confirmait : le but était bel et bien Sarand et, dans ce cas, cette terre d'où était venue Doniya devait être tout près, quelque part dans la même constellation. La convergence ne pouvait prendre un sens que dans ce cas, si elle avait eu lieu à l'autre bout de la Galaxie, l'impossibilité de découvrir la route à suivre aurait été absolue tandis que si la sphère des recherches était réduite, une exploration systématique pouvait être envisagée. Ce serait peut-être long, mais en procédant avec méthode et par éliminations successives on arriverait bien à localiser les systèmes planétaires voisins ou se rencontreraient les conditions favorables. Pourquoi un tel travail était-il imposé, il était difficile de le conjecturer et comme les Primordiaux ne daignaient jamais expliquer... le Terrien ne voyait vraiment plus rien d'autre à faire qu'à entreprendre des zigzagants périples et cependant il hésitait encore. Quelque chose clochait dans ses tentatives de raisonnement, il ne parvenait pas à comprendre pourquoi on avait choisi cette terre particulière comme point de rencontre, celle-ci aurait aussi bien pu se passer n'importe où et même à l'intérieur du *Blastula*, il devait y avoir une raison... Ne pas se hâter, donc et attendre encore un peu. Un indice finirait peut-être par se manifester, un signe serait donné ?

Et ce fut en effet ce qui arriva trois heures plus tard alors qu'ils avaient regagné le vaisseau et déjeunaient tranquillement. Strident, le signal d'alerte résonna dans l'habitacle.

CHAPITRE III

En entendant la sirène, Alan éprouva un véritable soulagement. Cet appel soudain, activé par les
détecteurs automatiques, annonçait probablement
l'approche d'une menace extérieure ; il signifiait
en tout cas qu'un événement allait se produire
qui, bon ou mauvais, lèverait l'incertitude et
permettrait d'agir. S'arrachant à son siège, il
bondit vers le poste, se pencha sur les écrans des
scanners. Sur l'un d'entre eux, un minuscule spot
jaune se dessinait, encadré par les réticules rouges
du collimateur, tandis qu'au-dessous, sur la bande
de lecture, des chiffres se succédaient en rapides
variations. L'angle de détection voisin de la
verticale était révélateur, les coordonnées de
masse, de vitesse et de trajectoire angulaire ne
l'étaient pas moins : une nef venait d'apparaître
au fond de l'espace et se dirigeait vers une mise en
orbite. Un vaisseau spatial approchait de la planète, un équipage d'origine inconnue entrait à son
tour dans la convergence... L'Envoyé étudia un

instant l'enregistrement, se retourna, vit que Doniya l'avait suivi et se tenait debout derrière lui, promenant un regard effaré sur le demi-cercle des consoles scintillantes de toute la polychromie des voyants, des jauges, des indicateurs et des iconoscopes. Il sourit, attira la jeune femme dans une étreinte rassurante.

— Tu n'as jamais rien vu de semblable, n'est-ce pas ? C'est infiniment moins compliqué que ça en a l'air à première vue et surtout ce n'est pas dangereux, ce ne sont que des mécaniques, ma fiancée ne doit pas en avoir peur, elles lui obéiront comme elles m'obéissent à moi.

— C'est fantastique... C'est toi qui as construit tout cela ?

— Ce sont des artisans de chez moi ; il m'aurait fallu une vie entière pour y arriver tout seul ! Chacun son métier, le mien est de me servir de ces appareils, pas de les fabriquer.

— Nos artisans à nous ne pourraient jamais y arriver, même pas imaginer pareilles choses. Tes frères et toi possédez la science divine. Où sont-ils, ceux qui ont bâti cette merveilleuse demeure ?

— Très loin au fond du ciel. Ma maison est un navire fait pour voler au travers des astres. Tu ne savais pas que cela pouvait exister ?

— Non, Alan, et si un autre que toi me le disait, je ne le croirais pas.

— Par conséquent, fit le Terrien en désignant l'écran radar, cet autre navire dont l'approche est signalée ici ne vient pas de Sarand, j'en étais du reste certain. Il est encore très loin mais il se dirige vers nous ; je vais monter à sa rencontre et essayer de savoir qui il est. Assieds-toi dans ce fauteuil à côté de moi et ne t'étonne pas de ce qui va se passer. Pour répéter les paroles de ton rêve : « n'aie aucune crainte, le destin te protège »...

La jeune femme obéit et sans mot dire, se mit à contempler tour à tour les gestes du pilote et les images qui défilaient sur le grand écran central. Le *Blastula* décolla, se lança dans une montée verticale sous une accélération d'une dizaine de G. Doniya poussa un petit cri d'effroi en fixant le cadre tridi.

— Pourquoi le paysage s'est-il enfoncé d'un seul coup ? Et le ciel est plein d'étoiles...

— Ce n'est pas une illusion, c'est la réalité. Nous sommes en train de nous élever à toute vitesse et nous sommes déjà beaucoup plus haut que les plus hautes montagnes.

— Mais je ne sens rien ! Si le navire se déplace, pourquoi tout est-il si immobile à l'intérieur ?

— Je t'expliquerai un jour le mystère de la pesanteur artificielle. Pour le moment, contente-toi de regarder sagement.

Alan considéra le tableau du maître navigateur où se matérialisait maintenant la position réciproque des deux nefs. La distance qui les séparait rétrécissait à vue d'œil, passant de quatre mille kilomètres à trois mille, puis à deux mille. Le pilote inversa la poussée magnéto-gravitique, immobilisant presque le vaisseau aux confins de la magnétosphère, actionna le zoom pour passer en vision télescopique. L'image de la nef étrangère se magnifia, occupa bientôt tout le champ et, en l'examinant avec attention, le Terrien fronça les sourcils en une grimace d'étonnement. La silhouette de l'engin était nettement fusiforme, l'une des extrémités en pointe aiguë, l'autre encadrée par de grands ailerons triangulaires à l'intersection desquels on distinguait une couronne de cylindres noirs d'où s'échappait une longue traînée de luminescence bleuâtre. Presque aussitôt, Alan réalisa que cette traînée était dirigée dans le sens de la marche du vaisseau et non dans son sillage, cette observation ne fit qu'accroître sa stupéfaction. Indiscutablement, ce vaisseau n'était pas conçu pour naviguer dans le continuum hyperspatial, c'était une simple fusée mue par des propulseurs à réaction utilisant probablement l'énergie protonique à partir de la fusion du deutérium. Actuellement, elle s'était retournée sur son axe pour freiner et annuler sa vitesse avant d'atteindre le sol ; la manœuvre était classique pour ce genre d'appareil qui, pour Alan, semblait sortir tout droit d'un musée. Mais depuis combien de temps était-il en route vers son but ? D'après l'ordinateur de navigation, la plus proche étoile se trouvait à deux années-lumière. Même si la fusée était partie de là et en admettant qu'elle soit capable d'atteindre la vitesse C en accélération supportable physiologiquement, le voyage aurait duré trois ans... Les astronautes qui la montaient étaient dignes de l'époque héroïque !

Le Terrien remit le *Blastula* en mouvement, le maintenant aux environs de trois mille kilomètres à l'heure et le dirigeant de façon à couper la parabole de l'arrivant. Quand l'écart fut réduit à une centaine de kilomètres, il ralentit à nouveau, coupa son champ d'antidétection ; la fusée disposait très probablement d'un radar et elle allait s'apercevoir qu'elle n'était plus solitaire dans l'espace. Effectivement, la réponse ne tarda guère, deux ou trois minutes à peine et, brusquement, une flamme brillante surgit au milieu du fuseau, s'étira, tandis qu'un spot différent s'allumait sur l'écran et qu'une ligne lumineuse se matérialisait sur un tableau. Le contact était pris, mais il correspondait à l'ouverture des hostilités. Un missile fonçait tout droit vers le *Blastula*.

— Ce sont sûrement des êtres humains qui se trouvent à l'intérieur de cette coque, murmura Alan. En tout cas c'est bien une classique réaction humaine : dès qu'on rencontre un étranger, on commence par tirer dessus...

Il attendit calmement que la torpille eut parcouru la moitié du chemin, abaissa la commande activant le faisceau d'interception. Une lueur intense apparut au centre de l'écran, s'élargit pour dessiner une grande sphère flamboyante dont la luminosité décrut très vite, s'éparpilla dans le vide, se transforma en pâle nébuleuse.

— Un missile nucléaire ! Ces braves gens n'y vont pas par quatre chemins...

L'officier de tourelle avait dû croire à un mauvais fonctionnement de son arme entraînant une explosion prématurée, car il récidiva, lançant encore deux torpilles qui subirent le même sort. Pendant ce temps, Alan avait activé ses récepteurs de vision et de son, déclenchant le balayage automatique de toutes les fréquences, de façon à isoler rapidement celles que l'adversaire utilisait pour ses transmissions. Une dizaine de secondes s'écoulèrent puis une image se dessina, provoquant chez le Terrien une légère moue due à l'imperfection du résultat obtenu : la vision était plate, dépourvue du moindre relief et la définition ne devait guère dépasser trois mille lignes mais elle était suffisamment nette et il devait s'en contenter. Elle représentait trois hommes parfaitement anthropomorphes assis côte à côte et fixant l'objectif d'un air tendu et inquiet. Celui du milieu parlait et le haut-parleur du poste se mit à nasiller — le microphone et ses amplis n'étaient pas plus hi-fi que la caméra mais même s'ils l'eussent été, le dialecte employé ne figurait évidemment pas au Répertoire fédéral.

Pour Alan, la première tâche consistait à faire comprendre aux astronautes qu'il n'était animé d'aucune mauvaise intention à leur égard. Il l'avait déjà démontré en se contentant d'intercepter les missiles en un point où ils ne pouvaient faire de mal à personne et en ne répliquant pas au tir. Mais il fallait les rassurer davantage. Il commença par un large sourire qu'il s'efforça de rendre le plus amical possible puis leva bien en vue ses deux mains nues et grandes ouvertes dans le geste universel de paix. Après quoi, il passa son bras autour des épaules de Doniya, attira la jeune femme vers lui, l'embrassa longuement à pleines lèvres jusqu'à en perdre le souffle, fit de nouveau face avec un sourire encore plus accentué.

— Si vous ne comprenez pas que nous préférons faire l'amour plutôt que la guerre, c'est que vous êtes vraiment bouchés à l'émeri, fit-il aimablement.

La mimique sembla avoir été convaincante, les trois visages de l'écran se détendirent visiblement. La suite de la « conversation » fut plus longue et plus complexe, un véritable ballet de gestes que chaque partenaire s'efforçait de déchiffrer en les répétant. Le Terrien se leva pour aller chercher dans sa cabine le vieux pistolet à poudre qui faisait partie de son arsenal personnel, le considéra d'un air réprobateur, le jeta sur le tapis avec une grimace de mépris. Là-bas, les trois hommes hochèrent joyeusement la tête, tirèrent de leurs ceintures des armes très analogues, s'en débarrassèrent de la même façon en hochant vigoureusement la tête. La paix était donc conclue, il ne restait plus au Terrien qu'à s'emparer d'une grande feuille de papier et à l'aide d'une série de dessins, expliquer qu'il allait redescendre sur la planète et qu'il y attendrait à bras ouverts leur atterrissage.

La manœuvre se déroula conformément à la proposition. Toutefois, l'Envoyé choisit de se poser ailleurs que dans la gorge un peu trop resserrée où il avait trouvé Doniya, ces hautes falaises pouvaient évoquer l'idée d'un piège. Plus bas, la rivière déroulait ses méandres dans une grande plaine d'alluvions, s'étendant jusqu'au rivage de la mer où elle se jetait par un large delta ; les surfaces dégagées étaient nombreuses et de grandes dimensions, il y avait toute la place nécessaire. Alan fit choix d'une grande terrasse naturelle mesurant près d'un kilomètre de longueur, parfaitement dégagée de tous côtés et dont le sol rocheux portait une maigre végétation. Les sondeurs holo-ultrasoniques indiquaient qu'il s'agissait d'un entablement de calcaire massif sans failles notables, pareil terrain conviendrait donc à l'atterrissage d'une nef qui n'était sûrement pas équipée d'antigravs et nécessitait donc une piste dure et compacte dans laquelle les jambes de force du tripode ne risqueraient pas de s'enfoncer dangereusement. Le *Blastula* se posa à l'extrême bord du terrain improvisé afin de ne pas gêner la manœuvre et l'attente commença.

— Tu crois qu'ils viendront ? demanda Doniya. Le temps passe et le ciel demeure vide, ils ont peut-être encore peur de nous...

— Leur vaisseau n'est pas aussi perfectionné que le mien, il leur faut au moins trois heures pour décrire la spirale de freinage, elle est d'ailleurs déjà entamée, les appareils ont enregistré un premier passage à la verticale. Bien entendu, ils pourraient changer d'idée et décider de repartir sans avoir touché le sol, mais ça m'étonnerait, ils sont en route depuis très longtemps et doivent avoir envie de se dégourdir un peu les jambes en respirant l'air libre. Passer des années dans une prison d'acier est une dure épreuve, aucun commandant n'oserait ordonner à son équipage de repartir sans avoir fait escale.

— Et s'ils décident de la faire de l'autre côté de la planète ?

— C'est nous qui irions les y rejoindre. Quoi qu'ils fassent, je veux absolument savoir qui ils sont.

Le temps estimé ne s'était pas encore complètement écoulé quand la fusée réapparut pour la dernière fois sur les écrans. Elle venait d'atteindre les couches supérieures de l'atmosphère et son revêtement externe était devenu en partie incandescent sous l'effet du frottement. Le computeur du lidar enregistrait et calculait sans arrêt les éléments de l'ultime trajectoire, le point terminal était bien la plate-forme choisie par le Terrien, mais en lisant le défilement des chiffres, celui-ci poussa une exclamation inquiète.

— Leur vélocité est encore grande ! Ils doivent venir d'une planète où la pesanteur est moins élevée qu'ici et ils n'ont pas tenu compte de la différence... L'extrapolation montre qu'ils seront encore à plus de vingt mètres/seconde en arrivant, les atterrisseurs ne tiendront pas le coup et la nef se couchera. Il faut que je leur donne un coup de main...

La technique était simple. C'était celle qui était couramment utilisée sur les mondes extérieurs pour la réception des cargos automatiques — ralentissement et guidage assurés à partir du terrain par des faisceaux antigravitiques jouant le double rôle de capteurs et de parachutes. L'hypernef d'Alpha était équipée de ce modèle d'émetteur qui pouvait d'ailleurs être également utilisé en défense passive pour repousser une approche ou bien au contraire en tracteur pour accrocher un corps errant et l'attirer comme par d'invisibles grappins ; ce n'était qu'une question de dosage précis et Alan s'en occupa avec une attentive dextérité, coupant la projection dès que la vitesse de la fusée fut suffisamment diminuée sans à-coups pour qu'elle puisse terminer la parabole par ses propres moyens. La jeune femme le regardait manipuler les multiples commandes sans le moindre commentaire, toutes ces manœuvres dépassaient de très loin sa compréhension mais elle

avait décidé une fois pour toutes que tout ce que
faisait son héros était bien. Tout lui obéissait et il
ne pouvait pas se tromper puisqu'il était le
Maître... L'Envoyé ouvrit le sas, entraîna la jeune
femme au-dehors dans la grande lumière de
l'après-midi finissant. Ils s'écartèrent à quelques
dizaines de mètres de la nef, regardèrent. Comme
suspendue par un fil invisible à la voûte bleue, la
grande fusée descendait lentement à la verticale.
Un énorme nuage de poussière s'éleva au moment
où elle effleura le sol, l'enveloppant entièrement,
un souffle d'air brûlant parvint jusqu'à eux, du
sable et des menus graviers volèrent de toutes
parts pendant que le rugissement des réacteurs
s'éteignait. Petit à petit le nuage retomba et là-
bas, la haute silhouette se dévoila immobile
comme un pilier, sa fine ogive dressée vers le ciel.
Dans la partie supérieure de la coque, à trente
mètres de hauteur, un rectangle noir se découpa.
La jeune Sarandienne se rapprocha instinctivement d'Alan.

— S'ils voulaient maintenant nous faire du
mal, murmura-t-elle, ils le pourraient facilement.
Nous sommes là tous les deux sans protection...

— Je ne suis pas aussi imprudent que tu as l'air
de le croire, répondit Alan en faisant sauter dans
sa paume le petit boîtier de la télécommande
portative. Il y a un mur invisible entre eux et nous
que rien ne peut traverser. Je ne le supprimerai
que lorsque nous les verrons s'approcher sans

armes et avec des intentions aussi pacifiques que les nôtres.

Surgissant du sas aérien, une échelle métallique se déplia puis trois silhouettes apparurent qui entreprirent la descente. Elles atteignirent bientôt la base, se mirent à courir — le sol devait être encore brûlant à proximité des tuyères — ralentirent, marchèrent posément en direction du couple qui les attendait. Modifiant l'angle de focalisation de ses yeux et leur champ rétinien pour agrandir l'image perçue, Alan les étudia avec intérêt : ils étaient bien intégralement humanoïdes des pieds à la tête. Tous trois étaient vêtus de combinaisons souples et claires, mains nues, sans arme apparente. Toutefois, malgré l'identité des costumes, il était facile de reconnaître que l'un des trois était une femme, le contour de la poitrine et des hanches ne faisait aucun doute. Elle était très brune avec de longs cheveux tombant au-dessous des épaules et tenait sous le bras un objet rectangulaire qui ressemblait à une serviette de cuir. Ses deux compagnons, le Terrien avait déjà vu leur visage sur l'écran, le brun avait été assis au centre, le blond à sa droite. Ceux-là ne portaient rien et avançaient en élevant devant eux leurs mains nues dans ce même geste qu'Alan avait déjà employé au premier contact. Définitivement rassuré, il coupa le champ d'interdiction, marcha à leur rencontre.

Quand l'écart ne fut plus que de trois mètres, tous s'immobilisèrent d'un commun accord.

Après une brève hésitation, le personnage aux cheveux clairs prit l'initiative des présentations de la même façon que Doniya l'avait fait la veille et joignant le geste à la parole.

— Ucsok... Söteb... Gleti...

Ce dernier vocable désignant la femme qui, vue de plus près, s'avérait ne plus être de la première jeunesse mais néanmoins non dépourvue d'un certain charme. Ses traits fins et mobiles reflétaient une vive intelligence et ses yeux, aussi noirs que sa chevelure, étincelaient de curiosité. Söteb avait un visage plus dur et plus austère tandis qu'Ucsok arborait un grand sourire empreint de bonne humeur qui plut d'emblée à l'Envoyé, il y avait quelque chose en lui qui attirait instinctivement la sympathie. Quand les présentations furent terminées, les deux groupes demeurèrent un moment les bras ballants à se contempler mutuellement, péniblement conscients de l'impossibilité de communication immédiate et Alan allait prendre l'initiative nécessaire lorsque Gleti le précéda. Elle avisa un bloc de rocher plat qui pouvait servir de banc, alla s'y asseoir, invita du regard le Terrien à prendre place à côté d'elle. Sitôt qu'il se fut exécuté, elle ouvrit l'objet qu'elle avait jusqu'alors tenu précieusement et qui se révéla être effectivement une serviette, en tira une dizaine de feuilles de papier, les tendit. Alan s'en empara, les parcourut d'abord rapidement puis les reprit les unes après les autres avec une attention concentrée. Toutes étaient couvertes du haut en bas d'une succession de dessins visiblement tracés en hâte pendant la descente mais ils n'en étaient pas moins clairs et détaillés. Il y avait d'abord une série de schémas anatomiques représentant diverses sections d'un encéphale humain. Il était évident au premier coup d'œil que leur auteur était une consœur du Terrien, une savante biologiste, ainsi du reste que la suite le démontra — en tout cas Alan se retrouvait dans son domaine. Certaines parties étaient isolées par des cercles de couleur, puis venaient des figurations de neurones, des coupes de tissu glandulaire et d'autres représentations anatomiques ou histologiques tout aussi faciles à identifier. Pour finir, il y avait un dessin de l'appareil circulatoire et, sur la dernière feuille, une image d'un objet qui ressemblait fort à une seringue hypodermique.

« Voilà un remarquable document, murmura l'Envoyé pour lui-même, cette race possède déjà des connaissances avancées en matière de neurologie. Tout le processus de la mémorisation est exprimé là, y compris celui qui concerne les centres particuliers du langage et ils ont appris à isoler les chaînes de polypeptides correspondants à partir desquels une transmission d'organisme à organisme devient possible. C'est exactement ce que nous avions mis nous-mêmes au point autrefois à partir de ces animalcules que l'on nomme des planaires et auxquels on apprenait à reconnaître des lumières de couleur différentes puis que l'on broyait et offrait en nourriture à d'autres planaires qui se trouvaient du même coup hériter de l'enseignement par mnémophagie. La méthode était intéressante mais ne pouvait mener bien loin ; pour des réactions de comportement simple, ça peut aller, mais pour des acquis complexes...

Il releva la tête, considéra Gleti, s'aperçut qu'elle portait à son poignet un cadran divisé en dix secteurs parcourus par trois aiguilles inégales et qui ne pouvait être qu'une montre. Il tira sur la manche de sa tunique pour exiber la sienne, promena son index le long des chiffres tout en fixant l'étrangère d'un air interrogatif. Elle eut aussitôt un sourire radieux, imita le geste, décrivit douze cercles.

— C'est bien ce que je pensais. La fixation est lente, dure au moins une semaine et ne doit donner que quelques bases qu'il faut ensuite améliorer par des échanges oraux méthodiques... Il faudrait un mois pour commencer à vraiment se comprendre !

Il retourna une feuille dont le verso était vierge, tira un stylo de sa poche, dessina à grands traits deux cerveaux, les entoura chacun d'un cercle d'où partait un fil raccordé à un cube placé entre les deux. Deux flèches inversées matérialisèrent le double courant des influx neuroniques puis, revenant au cadran de son chronomètre, il indiqua que deux heures suffiraient. Gleti avait suivi attentivement la démonstration, son visage s'éclaira et elle se leva. Il en fit autant, la saisit par la main, l'entraîna vers l'hypernef. Elle ne fit aucune difficulté, on la sentait au contraire dévorée d'impatience, elle le tirait presque en avant. Les autres se décidèrent bientôt à les suivre, Doniya s'improvisant immédiatement guide et hôtesse, les précéda avec son sourire le plus adorable pour les conduire dans le carré pendant que le Terrien longeait la coursive dans l'autre direction, introduisait la xénobiologiste dans la section laboratoire où elle s'arrêta éblouie devant l'étincelant équipement qui se révélait à ses yeux. Inutile de prendre des précautions pour elle, elle appartenait à l'ère spatiale et ne risquait pas d'être traumatisée. Quand le processus d'imprégnation fut achevé, Alan dénoua les bandeaux.

— Eh bien, chère Gleti, que pensez-vous de cette technique de transfert cérébral ? Vous possédez maintenant mon langage comme je possède le vôtre. Lequel des deux utiliserons-nous ?

— Le résultat est inouï ! Votre science est considérablement en avance sur la nôtre. La théorie des imprégnations réciproques par les psychons n'est encore chez nous que dans le domaine du rêve et bien loin du stade expérimental. Nous avions compris que vous appartenez à un monde supérieur, la façon dont vous avez détruit nos torpilles à mi-course en était une preuve. Mais je ne crois pas nécessaire que mes camarades apprennent votre langage pour le moment, il suffit que vous parliez le nôtre, ce sera à vous de nous dire ce que vous estimerez bon de nous faire savoir.

— D'accord. Rejoignons vos amis, nous ferons plus ample connaissance pendant que Doniya se soumettra à son tour à l'ordinateur sémantique. Nous serons ensuite tous des amis, n'est-ce pas ?

CHAPITRE IV

Pendant que se déroulaient les phases de cette prise de contact et de l'imprégnation linguistique nécessaire à la communication directe interraces, la liaison audio-vidéo avait été rétablie entre les deux nefs et Söteb qui se trouvait être le commandant de bord de la fusée avait pu rassurer son équipage, le maître de ce redoutable et mystérieux vaisseau galactique confirmait ses intentions pacifiques et ses camarades et lui-même n'avaient rien à craindre de lui. Cet équipage, par ailleurs composé d'une trentaine de spécialistes de tout ordre, Alan ne devait en faire la connaissance que très superficiellement, il avait été décidé d'un commun accord qu'il n'y aurait que le minimum d'interpénétration au cours de cette première rencontre, ce ne serait qu'une conférence au sommet. Du reste il suffisait au Terrien d'avoir un interlocuteur capable de la documenter aussi complètement que possible sur la civilisation à laquelle il appartenait et il ne pouvait en trouver de meilleur qu'Ucsok, plus précisément le prince Ucsok, Haut Stratège auprès de la Direction Supérieure des Opérations Stellaires de l'Empire de Nemesh et membre de la famille régnante — il aurait été vraiment difficile de trouver quelqu'un de mieux placé pour satisfaire la curiosité d'Alan et le personnage accepta d'emblée de parler sans réticence.

Ainsi il existait donc au cœur de ce Bras galactique un noyau humain qui avait accédé à l'ère spatiale non seulement à l'intérieur de son propre système solaire, mais qui avait réussi à en franchir les limites ; d'après la description d'Ucsok, cet empire comptait une quinzaine de planètes gravitant autour d'autant d'étoiles différentes et avait déjà atteint l'échelle de la constellation locale. Cette affirmation provoqua de la part de l'Envoyé d'Alpha un haussement de sourcils dubitatif.

— Nemesh est donc votre planète centrale ? A quelle distance se trouve-t-elle d'ici ?

— Quinze années-lumière. Je suppose que ce chiffre ne doit pas avoir la même valeur mathématique pour vous que pour nous puisque les bases de références sont des cycles orbitaux logiquement différents, mais en attendant votre retour en compagnie de Gleti, je me suis amusé à comparer la marche de ma montre avec celle de votre compte-temps accroché au mur et j'ai constaté que si vos divisions sont duodécimales et les nôtres décimales, le déplacement des aiguilles semblait à peu près le même. Notre année standard fait quatre cent quatre-vingts jours.

— La différence n'est donc que de quatre pour cent, nous pouvons ne pas tenir compte de cette approximation pour le moment. Mais dois-je comprendre que vous étiez en route depuis plus de quinze ans ?

— Non. Trois seulement. Nous sommes partis de l'une de nos colonies qui nous sert de base et qui ne se trouve qu'à deux années-lumière.

— Bien. Donc vous ne venez pas de Nemesh.

— Si. Mais ce trajet-là compte à peine puisqu'il se passe dans un autre continuum spatial. Je suis sûr que vous savez ce que je veux dire.

— Naturellement, mais je vous assure que je continue à ne pas comprendre. Si vous êtes arrivés à mettre au point le déplacement hyperdimensionnel, ça peut expliquer bien entendu votre expansion qui aurait été pratiquement impossible à réaliser avec la seule propulsion paralumineuse, mais dans ce cas, comment se fait-il que vous soyez arrivés ici avec une simple fusée incapable de sortir de l'univers matériel ? Moi aussi je voyage au long des sécantes de l'hyperespace et mon point de départ se trouvait cinq ou six mille fois plus loin que le vôtre...

— Et c'est la première fois que vous venez ici ?

— La toute première.

— Alors c'est encore une preuve que votre

science est incomparablement plus avancée que la nôtre. Nos vaisseaux hyperspatiaux ne peuvent être dirigés au hasard, il faut qu'il existe à chaque bout du trajet un émetteur de champ quadrique stationnaire, le premier ouvre le couloir de l'immersion, le second assure la sortie. C'est ainsi que s'est déroulé notre progression : d'abord un classique véhicule à réaction est parti de Nemesh pour atteindre la plus proche planète habitable et y installer un récepteur quadrique. A partir de ce moment, l'hyperdéplacement était possible et la colonisation pouvait être entreprise. Ainsi de suite pour le reste : pas à pas au travers des étoiles. Chaque nouveau point conquis demandant des années mais étant ensuite définitivement relié à la métropole.

— Ainsi vous ne pouvez pas vraiment vous lancer au hasard de la Galaxie, vous êtes obligés de partir d'une station fixe pour être en quelque sorte récupérés par une autre préalablement installée ? Vous voyagez entre un émetteur et un récepteur qui forent pour vous le tunnel dans l'hyperespace. Ce double équipement ne pourrait-il être emplacé à bord de vos vaisseaux comme c'est le cas pour le mien ? Je détermine à volonté mes points d'émersion et d'immersion.

— Impossible, ils exigent beaucoup trop d'énergie, aucun générateur à fusion ne pourrait la fournir. Tout ce que nous pouvons faire c'est en transporter un en pièces détachées, l'installer sur la planète atteinte par la voie normale et c'est seulement là qu'il pourra fonctionner efficacement en utilisant le deutérium tiré de l'eau de mer. Vous imaginez la masse énorme de ce combustible nucléaire qu'il nous faudrait embarquer pour atteindre le même résultat ? Aucun vaisseau ne pourrait décoller avec pareille charge. Comment faites-vous vous-même ?

— Il existe d'autres sources d'énergie et je suis sûr que vous les découvrirez un jour, je vous y aiderai peut-être, mais il faudra d'abord que votre technologie progresse sur bien des plans... Donc, Ucsok, vous êtes venus pour ajouter une terre à votre empire. Vous saviez que c'était une planète vierge ?

— Nous le supposions. Les enregistrements radio poursuivis depuis cinq ans étaient tous négatifs. Bien sûr, il pouvait y avoir une population primitive, l'hypothèse n'avait pas été écartée, mais nous aurions établi une alliance. Du reste, nos buts n'étaient pas de fonder un établissement ni d'entreprendre une occupation, seulement d'ouvrir la route.

— Dans ce cas, pourquoi m'avez-vous tiré dessus, m'avez-vous attaqué sans sommation dès que vous avez détecté ma présence en haute orbite ?

— Parce que nous avions cru que vous étiez un ennemi. Quelle autre nef pouvait se trouver dans ce no man's land si ce n'était un croiseur armé de la flotte de Kegyetl ?...

Petit à petit, le tableau se précisa complètement. Il y avait deux empires, c'est-à-dire deux races conquérantes, l'une et l'autre au même stade de l'essor cosmique et toutes deux se trouvaient dans le même secteur galactique. Trente-six années-lumières seulement entre les deux métropoles, Nemesh et Kegyetl, c'était un intervalle dérisoire, il était fatal que bientôt les sphères croissantes de leurs deux expansions se heurtent et que, le point milieu atteint, les hostilités commencent. Dans toutes les directions, les routes étaient libres, elles pouvaient se croire maîtresses de l'Univers, mais une ligne, une seule parmi des infinités, se trouvait être commune aux deux territoires et désormais tout le reste ne comptait plus, tous les efforts allaient être concentrés sur cet axe unique pour interdire la progression de l'autre et, au contraire, l'envahir, le soumettre. Deux lopins de terre au milieu d'une prairie sans bornes, chacun avait à sa disposition infiniment plus de champs qu'il ne pourrait jamais en défricher, mais il fallait d'abord qu'ils viennent s'étriper le long de la dérisoire barrière séparant leurs jardins potagers.

— A quoi rime cette guerre ? demanda Alan. Si

encore l'une de vos deux civilisations était encla-
vée dans l'autre et risque de dépérir faute d'espace
vital... Mais de chaque côté du Bras, d'innombrables planètes sont à la disposition de chacun de
vous sans crainte d'interférence.

— Nous ne demandions pas autre chose,
répondit Ucsok, l'accord était facile. Mais ce sont
eux qui ont manifesté la volonté d'agression. Ils
sont mauvais par essence, ils veulent être les seuls
maîtres du Cosmos et ne peuvent admettre une
coexistence. Ils ont décidé de nous soumettre à
leur puissance et de nous détruire. Nous nous
battons désormais pour notre indépendance,
notre liberté.

Toujours la même éternelle histoire, songeait
l'Envoyé. Chacun des adversaires lutte pour le
droit et la justice, l'autre est un méchant, un
vilain, un être méprisable, c'est lui qui est sanguinaire et qui ne cherche que violence, torture et
destruction. Eux aussi sont pourtant des êtres
humains...

— Ce sont d'horribles sauvages ! s'exclama le
prince nemeshien. Ils ont la peau rouge et squameuse alors que la nôtre est blanche et lisse. Ils
n'ont pas de cheveux sur la tête, ni le moindre
système pileux, ils ont une troisième paupière
comme les rapaces, ils ont six doigts à chaque
main ! Leurs oreilles n'ont même pas de pavillon
externe !

— Évidemment ! S'il y a entre eux et vous

quelques petites différences pigmentaires ou anatomiques, il est normal de tirer sur eux à première
vue et sans sommation, ils sont forcément coupa-
bles... Je parie que leur religion est également
différente de la vôtre ?

— Vous n'avez pas le droit de nous juger de
cette façon, Alan, nous ne sommes pas aussi
infatués d'une prétendue supériorité que vous
semblez le croire, et jusqu'à maintenant nous
n'avions jamais cherché à imposer une quelconque domination au cours de nos explorations. En
fait, la tangence des deux sphères que vous
évoquiez ne s'est même pas encore produite, il y a
au moins cinq ou six années-lumière de distance
entre nos deux fronts, en comptant que la planète
où nous nous trouvons présentement va constituer
notre base la plus avancée sur l'axe de progression. Mais nous connaissons leurs intentions,
nous savons qu'ils marchent pas à pas vers nous
dans le seul but de nous envahir.

— Un instant, émit Doniya d'une voix douce,
je ne suis qu'une ignorante, mais il me semble que
votre récit manque de logique. Comment se fait-il
que vous connaissiez si bien vos ennemis et leurs
projets ? D'après vos explications, vos Empires ne
s'agrandissent que lentement, par une succession
de sauts dont chacun est en somme une nouvelle
découverte, n'est-ce pas ? Par conséquent, je ne
comprends pas comment vous pouvez savoir qui
ils sont et quelles sont leurs intentions puisque

vous ne vous êtes pas encore rencontrés... Vous avez des machines qui vont très vite, mais seulement à l'intérieur de vos territoires respectifs, pas vers l'extérieur...

Ucsok se tourna vers la jeune Sarandienne, la contempla longuement avec un intérêt nouveau.

— Votre remarque est d'une étonnante justesse, fit-il lentement. Mais pourquoi prétendez-vous être une ignorante ?

— Elle l'est, sourit Alan, Doniya appartient à une race prétechnologique, elle est très différente de moi et soit-dit en passant, cette différence n'a pas eu pour résultat que je la considère a priori comme une ennemie, bien au contraire. Il est vrai que sa peau est blanche et douce et qu'elle possède le nombre légal de doigts et de paupières, plus une très soyeuse chevelure retombant sur de mignonnes petites oreilles... Toutefois, on dit couramment chez nous que la vérité sort de la bouche des enfants et je partage sa curiosité. Comment peut-il y avoir état de guerre entre deux civilisations dont la limitation des moyens d'expansion fait que chacune devrait encore ne même pas soupçonner l'existence de l'autre ?

— Tout simplement parce qu'un vaisseau de la flotte kegyetlienne est venu par erreur atterrir sur l'une de nos bases. Vous comprenez, il se trouvait que les fréquences de nos guidages quadriques étaient presque les mêmes, il est accidentellement passé de l'une à l'autre. Nous avons forcé l'équipage à parler, ils ont avoué leur volonté de conquérir l'Univers par la force. Notre existence ne changerait rien à leurs projets, ils briseraient toute résistance, ils ne voulaient même pas envisager la possibilité d'une entente pacifique. N'avais-je pas raison de vous affirmer que leur esprit est mauvais ?

— C'est évidemment un argument...

— Après cette découverte, nous avons naturellement changé nos fréquences pour assurer notre protection et nous avons également utilisé celles de leurs transmissions radio pour surveiller leurs mouvements. C'est donc grâce à cet heureux hasard que nous savons à quoi nous en tenir et que nous connaissons nos positions respectives. Notre premier soin a été de nous doter d'une flotte de combat dans un but purement défensif.

— La planète où nous sommes se trouve sur l'axe stratégique et vous êtes venus vous y installer pour établir un échelon fortifié ?

— Exactement. Et quand nous avons détecté votre vaisseau, vous comprenez maintenant que nous avons aussitôt pensé que vous apparteniez à la flotte adverse et que vous arriviez avec la même intention que nous. Notre réflexe a été d'engager aussitôt le combat, mais je reconnais que nous aurions dû réfléchir avant de céder à cette impulsion, la plus proche base actuelle kegyetlienne doit se trouver à une demi-douzaine d'années-lumière de distance, de l'autre côté du no man's land, une pareille incursion était impossible en simple propulsion tridimensionnelle...

— De toute façon, vos torpilles ne pouvaient m'atteindre... Une dernière question, si vous le permettez, Ucsok. Vous êtes prince et de sang royal, comment se fait-il que vous ayez quitté vos bureaux d'état-major pour entreprendre une longue route et venir jusqu'ici ? Il est très rare que les grands chefs s'aventurent en première ligne.

— Ce n'est pas ainsi que je l'entends. Je suis responsable des futures opérations et cette nouvelle base jouera un très grand rôle dans leur déroulement. Je tenais à m'assurer en personne qu'elle présentait bien les conditions que nous espérions et qu'elle serait rattachée d'une façon définitive et sûre au reste de l'empire. Je ne voulais laisser à personne l'accomplissement d'une tâche aussi importante.

— C'était une très bonne idée et il en résulte aujourd'hui pour moi un double honneur. Recevoir à mon bord à la fois un prince et une princesse... Car il faut que je vous dise que, bien qu'elle soit venue me rejoindre par une route différente, Doniya est tout comme vous de sang royal, sa sœur règne sur un monde qui se trouve quelque part au cœur des étoiles. Un monde où, je peux vous l'affirmer, personne ne songe à fabriquer des torpilles thermonucléaires...

A nouveau, le regard du Nemeshien se fixa sur le séduisant visage de la jeune femme et il était visible que, en ce moment, les problèmes de la balistique offensive ou défensive avaient cessé d'occuper son esprit. Pendant le long silence qui suivit, la pensée d'Alan s'envola vers la mystérieuse Sarand. Il était maintenant certain qu'elle se trouvait tout près et probablement dans les parages de la future zone des opérations. C'était peut-être elle qui allait faire l'objet de convoitises de l'un et l'autre camps, c'était là où se produirait le choc, chacun cherchant à s'assurer cette ultime base. Était-ce donc en définitive le but voulu par les Primordiaux : faire en sorte que cette terre où régnait la paix absolue, la paix de l'âge d'or non seulement entre les hommes mais même entre les animaux, échappe aux fracas terrifiant des batailles ?

La conversation s'était prolongée tard dans la soirée, et il était plus de minuit à l'horloge planétaire quand les Némeshiens avaient regagné leur nef pour prendre quelques heures de repos. Pour sa part, Alan ne dormit guère, trop de questions se pressaient dans son esprit et dès les premières heures de la matinée, il était déjà debout, laissant Doniya reposer paisiblement dans sa cabine. Il se préparait à sortir lorsque Söteb se présenta, porteur d'une petite mallette métallique.

— Je craignais de vous déranger mais je vois avec plaisir que vous êtes déjà debout. Me permettez-vous d'entrer ?

— Je suis ravi de vous accueillir. J'avais justement l'intention d'aller vous voir pour bavarder un peu entre navigateurs. Cette terre galactique qui est la vôtre m'est encore complètement inconnue...

— C'est ce que nous avions compris. Le hasard vous a guidé jusqu'ici, n'est-ce pas ? Le prince Ucsok a donc pensé qu'une carte de l'empire pourrait vous être utile ; je vous apporte l'enregistrement sur bande magnétique de l'ensemble de nos coordonnées cosmodésiques ainsi qu'un lecteur portatif. Peut-être pourrez-vous le transcrire dans votre système d'unités ?

— Très facilement. A condition que vous me donniez les références de comparaison nécessaires. Vous avez certainement employé les mêmes constantes universelles, précisément parce qu'elles sont universelles ?

— La fréquence et la longueur d'ondes de l'atome d'hydrogène interstellaire, ça ira ? Elles sont notées sur le premier tableau ainsi que les caractéristiques de quelques éléments stables tels que le sodium.

— Parfait. Nous pourrons ainsi chiffrer les équivalences entre nos deux systèmes espace-temps et parler le même langage mathématique

comme nous parlons déjà le même langage sémantique. Mais d'abord, avez-vous déjeuné ?

— Merci. C'est fait. Mais vous, peut-être ?...

— Moi aussi. Faites-moi donc l'honneur de
m'accompagner dans mon poste de navigation.

Quelques minutes suffirent pour effectuer les
transcriptions cartographiques, l'Envoyé n'eut
qu'à programmer sur l'ordinateur les premiers
éléments et laisser ensuite la bande se dérouler,
l'ensemble de la constellation s'inscrivit bientôt
sur l'écran avec toutes ses coordonnées immédiatement utilisables. Certes, il n'y avait encore là
que l'empire Nemesh et seulement quelques
points repères très approximatifs en ce qui concernait celui de kegyetl, mais Alan se trouvait
désormais en possession d'une carte à peu près
convenable de ce secteur du Bras deux prime que
ses propres instruments compléteraient facilement. Il s'empressa de témoigner au commandant
sa reconnaissance.

— Vous avez vraiment si vite terminé ?
s'étonna celui-ci. J'aurais cru qu'il vous aurait
fallu des heures sinon des journées... Mais vous
disposez de moyens techniques tellement perfec-
tionnés ! Et pourtant, lorsque je regarde tout ce
qui m'entoure ici, une chose me stupéfie : toutes
les commandes de votre vaisseau se trouvent bien
rassemblées dans cet unique poste et vous êtes
seul pour les manier ?

— Absolument tout. La vie entière du *Blastula*

se concentre sur ces tableaux. Énergie, propulsion, pilotage, tout ce que vous voudrez depuis le conditionnement intérieur jusqu'à l'armement. Tout est là.

— Et cependant tout cela paraît tellement simple, tellement dépouillé. Trois claviers, une dizaine d'écrans, quelques rangées de voyants lumineux... Quand vous visiterez notre fusée et que vous verrez les centaines d'écrans et manettes qui encombrent la passerelle, la cabine de transmissions, le poste de tir, la centrale des générateurs... Il nous faut quatre officiers et huit techniciens pour assurer seulement les quarts de routine.

— Progrès égale simplification, mon vieux. L'automation intelligente remplace le personnel et je trouve qu'il y a encore ici beaucoup trop de contrôles, les trois quarts d'entre eux ne sont là que par excès de prudence, ils ne servent jamais à rien et j'en suis presque arrivé à oublier leur rôle. Comment se déroule votre propre installation au sol ?

— Elle est commencée. Si vous n'avez rien de mieux à faire, voulez-vous venir y jeter un coup d'œil ?

Les deux hommes sortirent ensemble et Doniya, qui s'était réveillée entre-temps et venait d'achever sa toilette, les accompagna.

En approchant de la haute coque effilée qui se dressait verticalement sur son empennage, Alan constata qu'un second panneau beaucoup plus large s'était ouvert à une dizaine de mètres au-dessous du premier et se prolongeait par une plate-forme en encorbellement; la flèche d'une grue y avait été fixée, des caisses de toutes dimensions descendaient en rapide succession pour venir s'empiler en bas pendant qu'une dizaine d'hommes s'affairaient à les répartir et à les ouvrir. Ucsok et Gleti étaient également là et vinrent à leur rencontre.

— L'emplacement que vous avez choisi vous-même correspond parfaitement à nos désirs, fit le prince, nous n'aurions pu trouver mieux. La terrasse est ferme et bien dégagée, il y a toute la place nécessaire pour l'atterrissage des hypervais-seaux après la construction de la balise quadrique. La rivière est juste au bas de l'escarpement et j'ai pu vérifier que la mer remonte jusqu'ici à chaque marée; nous pourrons donc alimenter sans diffi-culté les générateurs à fusion et disposer en outre d'une masse d'eau suffisante pour le refroidisse-ment. L'endroit est idéal.

— J'en suis heureux pour vous, mais je ne l'ai pas fait exprès. Je vois que vous avez beaucoup de travail devant vous et je ne voudrais pas vous faire perdre votre temps.

— Oh! Söteb et ses hommes s'occupent de tout! Du reste les problèmes d'installation ne sont pas ma partie et je ne veux pas m'en mêler. Je me préparais à faire une petite promenade de reconnaissance dans les environs, prendre un peu l'air du pays, si vous voyez ce que je veux dire. Si le cœur vous en dit, ainsi qu'à la princesse Doniya ? Gleti viendra aussi, naturellement.

Ils se mirent tous quatre en marche vers la pente herbeuse qui, à partir du rebord, s'inclinait en direction du fleuve et, dès le début, la brune biologiste posa la main sur le bras du Terrien, le contraignant à ralentir légèrement le pas et laisser les deux autres les précéder. Elle le fixa droit dans les yeux, se mit à parler d'un ton quelque peu hésitant.

— Permettez-moi d'employer votre propre langue, puisque vous m'en avez fait le don. Votre compagne la connaît-elle également ? Je ne l'ai pas entendue l'employer.

— Non. J'ai jugé que c'était inutile puisque j'avais appris la sienne et qu'il valait mieux ne pas trop encombrer ce jeune cerveau. Il était déjà bien suffisant de lui imprégner la vôtre pour que nous puissions tous avoir un idiome commun.

— Tant mieux. De cette façon, ce que je vais vous demander ne sera connu que de vous seul et si votre réponse est négative, personne ne saura l'objet de notre conversation, ce sera comme si elle n'avait jamais existé.

— Est-ce donc si grave ? Ce que vous avez à me confier ou à me demander devrait donc être ignoré même de votre prince ?

— Il est au courant et non seulement il m'approuve mais il est même l'initiateur de ma démarche. Seulement, il faut que vous compreniez son attitude. Il craint qu'un refus de votre part ne lui... comment diriez-vous ?...

— Lui fasse perdre la face ?

— Quelque chose comme ça. Tandis qu'un simple échange de vue entre deux... confrères. Vous êtes médecin et moi aussi, la chose dont il s'agit ne nous concerne que si nous voulons bien nous en mêler. Nous pouvons en parler et l'accepter ou la repousser sans que cela modifie notre attitude réciproque.

— C'est un peu compliqué pour ma psychologie personnelle, mais je comprends. Je crois même que je devine de quoi il va être question... Attaquez carrément, Gleti.

— Votre vaisseau est capable d'aller n'importe où au travers du Cosmos et de parcourir des distances énormes en un temps infime, n'est-ce pas ?

— Je vous l'ai déjà dit.

— Vous possédez un armement défensif qui vous rend invulnérable, nous avons pu en juger lorsque nous avons commis la regrettable erreur de lâcher nos torpilles. En est-il de même sur le plan offensif ?

— Je suis en principe opposé à tout acte de violence, mais en cas de nécessité, je peux paralyser n'importe qui ou n'importe quoi, que ce soit de près ou de loin et si cela ne suffit pas, je peux pousser beaucoup plus loin la démonstration, jusqu'à transformer une flotte entière en nova. Mais je ne l'ai jamais fait et j'espère bien ne jamais avoir à le faire ; même dans les circonstances les plus dramatiques, je m'efforcerai toujours de dissuader et non de tuer. N'est-ce pas d'ailleurs ce que j'ai fait hier ?

— Dissuader, c'est bien le mot. Alan, accepteriez-vous de faire alliance avec nous et d'apporter votre aide à la flotte de Nemesh ? Je précise formellement qu'il n'est pas question d'envahir l'empire de Kegyetl, ni même de le soumettre à notre domination, simplement d'arrêter leur progression et de leur faire bien comprendre qu'il existe entre nous une limite qu'ils ne doivent pas franchir. Nous voulons que notre indépendance soit respectée ; à cette condition nous respecterons également la leur. Vous parliez de démonstration, je songe à celle que pourrait faire votre *Blastula* lorsqu'il apparaîtra au-dessus de leurs planètes, je suis certaine que vous n'aurez pas besoin d'engager le moindre combat, votre fantastique vélocité et votre quasi-ubiquité suffiront pour les frapper de terreur. Il ne serait pas nécessaire de détruire, si vous ne le voulez pas, seulement de montrer que vous disposez d'une puissance infiniment plus grande que la leur. Vous évoquiez des armes paralysantes totales, si je vous ai bien compris, vous pourriez donc immobiliser quelques-unes de leurs nefs ou bien faire

exploser des montagnes, je ne sais pas, moi...
C'est le salut que vous nous apporteriez...

Alan s'arrêta, le regard perdu vers l'horizon.
Cette demande ne le surprenait pas, elle était
tellement logique et prévisible : il avait fait la
preuve de l'incontestable supériorité des moyens
dont il disposait et en même temps il avait
manifesté des dispositions amicales. Rien n'était
plus naturel que de solliciter son aide, s'en faire
un allié ou tout au moins l'engager comme
mercenaire. Il était bien évident que sa seule
intervention serait décisive, elle serait comparable
à celle d'un grand porte-avions de la fin du
XXᵉ siècle surgissant brusquement au milieu de la
bataille navale de Lepante ou de Trafalgar, avec
toute sa fantastique supériorité de vitesse et de
manœuvrabilité, ses canons à longue portée, ses
tubes lance-torpilles, sa couverture aérienne de
bombardiers en piqué et de chasseurs, son indestructible coque d'acier. Qu'il choisisse de se rallier
à Don Juan d'Autriche ou à Mehmet, à de
Villeneuve ou à Nelson, la flotte adverse, avec ses
fragiles carènes de bois, ses ridicules caronades
portant tout juste à quelques encablures, sa totale
dépendance des caprices du vent et des courants,
serait irrémédiablement coulée en quelques minutes et la guerre serait gagnée comme elle le fut en
une seule flamboyante seconde à Hiroshima.
Toutefois, la situation n'était pas exactement la
même que dans cette imaginaire épopée intertem-

porelle, les hostilités n'étaient pas encore engagées
entre Nemesh et Kegyetl, on n'en était encore
qu'au stade de la mobilisation des troupes de
couverture et de marches d'approche en direction
du futur champ de bataille ; comme l'avait
exprimé Gleti, une simple dissuasion pouvait
suffire à modifier le cours des événements :
montrer sa force pour ne pas avoir à s'en servir.
Seulement il y avait la Loi Galactique : la règle
morale de respect des évolutions autonomes inter-
disant de prendre parti et d'exercer sur l'un des
plateaux de la balance du destin une pesée d'autant plus néfaste qu'elle apparaîtrait comme une
manifestation supranormale, l'expression d'un
« Gott mit uns » entraînant irrévocablement l'ef-
fondrement de l'instinct vital chez les vaincus,
l'orgueilleuse et morbide déviation psychotique
du vainqueur qui se croirait le peuple élu ; dans
tous les cas, un traumatisme aux conséquences
imprévisibles... Et d'ailleurs, en vertu de quel
critère Alan pouvait-il prendre parti ? D'après
Ucsok, les Nemeshiens étaient bons, les Kegyetliens mauvais, mais si le hasard avait voulu que le
Blastula croise sur sa route une nef rouge au lieu
d'une nef blanche, son commandant lui aurait
certainement dit exactement l'inverse et lui aurait
aussi demandé de venir à leur aide au nom du
droit, de la justice, de la liberté. Le méchant, c'est
toujours celui d'en face...

Seulement il se trouvait que des circonstances

très particulières avaient joué pour lui imposer une décision, le hasard n'avait eu aucun rôle et la volonté des Primordiaux l'avait amené sur une planète précise en un moment précis, celui où une certaine fusée terminait sa trajectoire d'approche. Ce choix ne pouvait avoir qu'une signification, sinon il aurait émergé quelques années-lumière plus loin, dans la sphère de l'autre empire. Et cette convergence imposée n'était pas seulement double : elle était triple ; Doniya aussi avait été transférée à la même intersection. L'hypothèse récemment formulée prenait de plus en plus corps : le *Blastula* avec tous ses incomparables moyens devait entrer en lice aux côtés de Nemesh, non pas tant pour assurer à celle-ci une victoire dans une guerre qui n'avait pas encore commencé mais surtout pour que cette guerre n'ait pas lieu, car le secteur des hostilités s'étendrait jusqu'à Sarand et entraînerait la destruction de ce troisième monde — celui qui devait demeurer intouché parce qu'il était le seul où la haine et la violence étaient ignorées et peut-être le futur berceau de la paix universelle. La partie d'échecs dans laquelle il était engagé se dessinait de plus en plus nettement, La Loi Galactique n'entrait plus en ligne de compte puisqu'elle se basait sur les dangers de l'imprévisible et que le but était d'ores et déjà prévu et même prophétisé depuis des siècles.

— J'accepte, fit sobrement Alan. Rejoignons

Ucsok et annoncez-lui que le stade des pour-
parlers diplomatiques s'est terminé comme il
l'espérait.

Ils retrouvèrent la jeune femme et le prince
arrêtés au bord de la rivière et Gleti n'eut pas
besoin de parler, l'expression rayonnante de son
visage suffisait. Les traits du Nemeshien s'illuminèrent aussitôt.

— Vous êtes d'accord, cher Alan? Je ne sais
comment vous exprimer ma joie et ma reconnaissance...

— Attendez avant de me remercier. Je n'ai
encore formulé qu'une acceptation de principe,
mais je dois poser mes conditions avant que notre
alliance devienne effective.

— Je l'entends bien ainsi! Demandez tout ce
que vous voudrez, de l'or, des pierres précieuses,
aucun tribut ne sera trop lourd, je vous le jure!

— Il s'agit bien de cela! Je n'ai pas l'habitude
de faire payer les services que je puis rendre et
d'ailleurs je suis beaucoup plus riche que vous
puisque moi je suis intégralement libre d'aller où
je veux et de faire ce qu'il me plaît. Et pour ce qui
est de la fortune matérielle... Regardez par exemple cette bande d'argile bleue sur l'autre rive du
fleuve, n'importe quel géologue vous dira que
c'est un gisement diamantifère, j'en suis théoriquement le propriétaire légitime en tant que
premier occupant de la planète, seule Doniya

pourrait me disputer ce titre et je lui donnerais du reste immédiatement satisfaction. Non, ce que je veux, c'est ne pas dépendre de votre état-major ni de vos visées politiques, mon vaisseau ne sera pas intégré à votre flotte, j'en demeurerai l'unique commandant et je mènerai mon action suivant mes propres plans.

— Il est bien certain que je ne me permettrais jamais de vous donner des ordres, ce serait tout aussi stupide que si un sauvage armé de son arc et de ses flèches tentait de prendre en main la direction d'une batterie de missiles nucléaires ! L'essentiel est que vous soyez pour nous, contre Kegyetl.

— Pour vous, bien sûr, mais il ne s'ensuit pas nécessairement que j'irai semer la mort et la destruction dans l'autre empire et vous livrer les survivants pieds et poings liés. Ceci est ma deuxième condition : je n'interviendrais que dans le but d'empêcher que la guerre qui se prépare n'éclate et assurer ainsi votre tranquillité et votre indépendance, mais je me refuse à conquérir pour votre compte.

— Je vous ai dit que nous n'aurions jamais songé à nous armer nous-mêmes si nous n'avions pas découvert les intentions de l'ennemi. C'est contre notre gré que nous avons pris les dispositions que vous connaissez. Qu'une frontière soit fixée une fois pour toutes, qu'un pacte de non belligérance soit signé et respecté, c'est tout ce que nous demandons, qu'ils fassent ensuite ce qu'ils veulent chez eux, ça nous est parfaitement égal, nous ne voulons rien avoir en commun et nous les ignorerons.

— C'est parfait. Voici maintenant le dernier point : je demande à mieux connaître votre civilisation ainsi que la situation actuelle ; de toute façon, puisque la progression s'effectue lentement, j'ai tout mon temps pour établir mes propres plans en conséquence. Je suppose que, dès que votre installation ici sera terminée, une hypernef viendra vous chercher pour vous ramener dans votre métropole ?

— C'est bien cela. C'est l'affaire de trois semaines ou un mois au maximum. Söteb, Gleti et tous les autres membres de l'équipage demeureront ici pour organiser la base elle-même en attendant un nouveau saut en avant qui, grâce à vous, ne s'effectuera pas à l'aveugle.

— Votre présence n'est donc pas indispensable pour l'exécution des travaux. Je vous propose de venir avec moi, je vous mènerai dans votre capitale et vous m'y servirez d'introducteur. Cela vous convient ?

— Avec joie !...

CHAPITRE V

En se basant sur les fuseaux horaires de Nemesh, Alan décolla dans le milieu de l'après-midi ; en ce secteur sensiblement équidistant du centre de la Galaxie et de la périphérie, un déplacement de quinze années-lumière équivaudrait à un temps relatif de neuf heures et le *Blastula* arriverait donc là-bas en fin de matinée. Gleti et Söteb étant retenus sur place par les travaux de la future base, le *Blastula* n'avait donc que Doniya et Ucsok comme passagers et la qualité compensait la quantité : une princesse et un prince...

Dans la dernière partie du trajet, les détecteurs de l'hypernef s'animèrent par deux fois, enregistrant la présence dans le continuum de deux autres vaisseaux. En étudiant les données fournies par les détecteurs, l'Envoyé comprit pourquoi l'expansion des empires ne pouvait s'effectuer que par quanta préparés à l'avance, leurs engins ne naviguaient pas réellement à l'intérieur de l'espace quadridimensionnel mais ricochaient seulement au long de l'interface séparant les deux navires ; ils pouvaient donc ainsi franchir le mur de la lumière et atteindre les très hautes vélocités, mais ils étaient incapables de s'immerger intégralement et de plonger jusqu'à ces vecteurs orientés constituant les diverses sécantes ; en demeurant paradimensionnel, le déplacement était incontrôlable et c'était pourquoi l'émetteur d'appel et de guidage était indispensable à l'autre bout. La différence entre les deux technologies était énorme, elle était comparativement analogue à celle qui sépare un hydroglisseur équipé uniquement d'un radiocompas d'un sous-marin possédant un système de navigation par inertie. Mais Alan garda pour lui ses remarques et s'abstint de tout commentaire. Il était là pour modifier une situation entre deux forces antagonistes, non pour faire progresser la technologie de l'une d'entre elles, sinon il aurait vraiment commis un manquement majeur à la Loi Galactique ; c'était à eux, et à eux seuls de s'ouvrir vraiment les routes du continuum. Ils y parviendraient lorsque leur temps serait venu et c'était déjà bien beau qu'ils sachent dès maintenant que c'était possible, l'exemple servirait d'aiguillon à la recherche.

Le *Blastula* émergea à cinq rayons planétaires au-dessus de Shepran', la capitale métropolitaine. Faute d'avoir eu le temps de dresser les antennes de l'émetteur quadrique apporté par la fusée,

Ucsok n'avait pu envoyer de message pour prévenir de son retour, le télégramme n'aurait pu être transmis que par la classique voie hertzienne et aurait donc été inutile puisqu'il aurait mis deux ans pour atteindre sa destination. D'autre part, il fallait quand même frapper poliment à la porte de l'ionosphère, sans cela le petit jeu des torpilles téléguidées en guise de bienvenue aurait recommencé et sur une plus grande échelle. L'Envoyé activa ses émetteurs sur les fréquences que son hôte lui indiqua, lui passa le micro. La discussion fut assez longue, le personnel de la tour de contrôle se refusant longtemps à croire que c'était bien leur compatriote qui leur parlait, puisque, suivant leur plan de mission, il venait à peine d'arriver sur la lointaine frontière et ne pouvait donc être matériellement présent dans leur ciel. Enfin l'autorisation d'atterrissage fut obtenue, l'hypernef plongea vers l'astroport.

Le tableau qui s'offrit au sol était éloquent, le terrain était intégralement désert, aucune silhouette n'apparaissait devant les bâtiments ou les hangars, le personnel entier s'était prudemment terré ; seul indice de présence humaine tout autour de la piste, les tubes des blockhaus de l'artillerie antiaérienne et les berceaux des missiles étaient tous braqués sur le grand ovoïde brillant immobilisé au milieu de l'aire de béton.

— Votre peuple semble déjà bien touché par la psychose de guerre, remarqua Alan.

— Il ne faut pas leur en vouloir, ils sont devenus méfiants depuis cet incident du déroutage d'un croiseur kegyetlien que je vous ai conté. Tout ce qui vient d'en haut peut être une menace.

— Ne prolongeons pas la tension, s'ils commençaient à tirer à si faible distance, mes champs de protection feraient exploser leurs obus ou missiles avant même qu'ils n'aient entamé leur trajectoire, ça causerait beaucoup de morts regrettables. Sortons et montrez-vous.

Les jumelles étaient certainement braquées de toutes parts sur la rampe, car, dès qu'Ucsok se présenta en pleine lumière, un mouvement se dessina du côté du bâtiment central, une porte s'ouvrit et un petit groupe d'hommes sortit, s'engagea sur le tarmac. Bientôt la rencontre eut lieu, les visages des Nemeshiens s'illuminèrent en constatant qu'il n'y avait nul piège et qu'ils n'avaient pas affaire à un sosie — ils entourèrent le prince avec de joyeuses exclamations. Ce dernier se dégagea, désigna Alan d'un geste emphatique.

— Saluez d'abord celui qui m'a ramené parmi vous. C'est un grand Maître de la Galaxie, venu de bien au-delà des plus lointaines constellations. Sa puissance est infinie. Ses armes pourraient anéantir notre planète tout entière en une fraction de seconde, mais il ne veut que notre bien. Il a daigné faire alliance avec nous, il combattra à nos côtés et à lui seul il nous donnera la victoire définitive.

— Vous exagérez, fit doucement le Terrien. Volatiliser une planète de mille milliards de kilomètres cubes d'un seul coup, c'est quand même un gros morceau ! Et puis je n'ai pas prétendu que je gagnerai une guerre, j'ai seulement dit que je l'empêcherai...

Mais déjà ses paroles se perdaient dans l'enthousiasme et les acclamations. D'autres Nemeshiens survenaient de plus en plus nombreux, ce fut rapidement un véritable délire. Il fallut toute l'autorité d'Ucsok pour rétablir un semblant de calme, ouvrir un passage dans la foule, conduire Alan et Doniya jusqu'à une petite entrée de service sur le côté de l'astrogare et de là vers une voiture dont le prince prit le volant.

— C'est une réaction que vous devez sûrement comprendre, fit-il en lançant le véhicule sur la chaussée. L'apparition de ce vaisseau inconnu fonçant vertigineusement dans un silence complet, sans le moindre hurlement de tuyères les avait terrorisés, ils devaient se défouler. Mais j'y pense, nous sommes partis si vite que vous avez laissé le sas de votre nef grand ouvert, j'espère que personne ne se hasardera à y pénétrer...

— Aucune importance, il s'est déjà refermé automatiquement et de toute façon, nul ne pourrait franchir le seuil en mon absence, il y a un mur invisible. Où nous menez-vous ?

— Tout droit dans l'enceinte résidentielle du Haut Conseil, là où j'habite ainsi que mes collègues. Le commandant de port doit être en train de les prévenir, on nous attend donc. Il y aura certainement quelques cérémonies officielles à prévoir dès qu'elles pourront être organisées, mais vous serez désormais à l'abri de la bousculade.

Le domaine gouvernemental occupait tout une colline couronnée par les imposants buildings du Capitole. Les bâtiments administratifs s'arrondissaient en demi-cercle à la base et, au long de la pente, les habitations privées des membres du Conseil s'étageaient en paliers successifs au milieu des pelouses et des bouquets d'arbres. La grille du portique d'accès était grande ouverte, la voiture la franchit sans s'arrêter pour s'engager dans une longue rampe, tourner à droite trois cents mètres avant la plate-forme terminale, stopper devant un édifice qui semblait minuscule à côté de la majestueuse masse dominante du palais, mais qui était en réalité de belles dimensions avec ses cinq étages décalés.

— C'est le siège du commandement des Forces, fit Ucsok, le dernier palier est réservé aux hôtes de particulière importance, il sera à la disposition de la princesse Doniya et de vous-même, à moins que vous ne préfériez l'une des villas qui dépendent de cette section ; il en sera comme vous le désirerez. Mais ce ne sont que des détails domestiques qui ne poseront certainement pas de problèmes. En attendant, voici déjà mes camarades qui viennent vers nous pour nous accueillir.

Une quinzaine d'hommes et de femmes s'étaient groupés devant la portière. Les passagers mirent pied à terre, Ucsok s'avança pour jouer son rôle de présentateur, énumérant une série de noms et de titres. Tous et toutes étaient des personnages de haut rang équivalant à des généraux ou des amiraux des quatre armes ou bien, en ce qui concernait l'élément féminin, les responsables des services auxiliaires : l'une était à la tête du service de Santé, une autre des télécommunications, une autre encore de l'administration des bases et casernements. Le noyau central du grand État-Major, en quelque sorte. Cette première formalité achevée, le prince enchaîna :

— Voici donc, aux côtés de la très charmante Doniya, celui qui m'a ramené en quelques heures du fond des limites de notre empire, le docteur Alan. Il est le représentant d'une civilisation infiniment plus évoluée que la nôtre. Il a traversé des milliers et des milliers de parsecs pour nous découvrir et nous révéler la véritable immensité de la Galaxie. S'il le veut bien, il nous en dira davantage sur lui-même ; pour l'instant, sachez que, lorsque nos deux nefs se sont croisées dans l'espace, j'ai commis la faute de l'attaquer en croyant que les Kegyetliens nous avaient précédés sur la base avancée et qu'il s'agissait d'un de leurs croiseurs. Mes missiles ont été volatilisés bien avant d'approcher de leur but et il s'est abstenu de répliquer alors que je sais maintenant qu'il aurait pu nous désintégrer. Mieux, il nous a épargné une catastrophe en freinant et en soutenant notre fusée qu'un excès de vélocité résiduelle risquait d'écraser au sol. Sa domination des secrets de l'espace et sa puissance sont absolues, nos connaissances sont dérisoires à côté des siennes et cependant il m'a donné son amitié. Il est notre allié pour le salut et la gloire de Nemesh.

Après si emphatique introduction, le Terrien ne pouvait être accueilli qu'avec un respect quelque peu craintif, il risquait d'être considéré comme une sorte de divinité pour le moment favorable mais éventuellement susceptible de dangereux retournement d'humeur. Aussi s'efforça-t-il dès le début de faire preuve d'une joyeuse cordialité démontrant qu'il était un simple être humain comme les autres et qu'un développement intellectuel n'entraîne pas forcément une grosse tête. Il n'omit pas de préciser qu'il n'entendait pas jouer un rôle de chef mais seulement de libre partenaire, ce qui ne manqua pas de rassurer ceux de ses interlocuteurs qui auraient pu craindre de devenir les subordonnés d'un dictateur étranger. La véritable prise de contact eut lieu dans la salle de réception autour des verres de boissons apéritives ; le formalisme du début s'atténua rapidement, l'atmosphère se détentit et Doniya y contri-

bua dans une grande mesure. Cette jeune fille,
issue d'un pacifique monde médiéval — détail que
d'ailleurs Alan était le seul à connaître — évoluait
dans ce milieu si nouveau et pourtant si différent
avec une extraordinaire aisance. Elle était à la fois
racée et adorablement séduisante. Elle fit bientôt
la conquête de tous à commencer bien entendu
par celle d'Ucsok qui s'était institué son cavalier
servant. Toutefois, quand l'animation fut devenue générale, il réapparut pour un instant, prit le
bras d'Alan, l'entraîna un peu à l'écart.

— Je me suis contenté tout à l'heure de faire les
présentations en bloc, pourtant il y a ici quelqu'un
que j'aimerais bien que vous connaissiez mieux
dès à présent. Il s'agit de ma propre cousine, la
walla Lyaaré…

Il le conduisait vers une jeune femme debout
près de la baie et qu'en fait l'Envoyé avait
remarqué depuis longtemps, depuis le moment
même où il était sorti de la voiture. La première
chose qui avait alors attiré son regard était que,
contrairement à tous les autres qui portaient des
tenues chamarrées ainsi qu'il est d'usage dans tous
les états-majors du Cosmos, elle était vêtue d'une
robe claire très simple ; elle était donc la seule à
être « en civil ». Mais cette différence n'était que
secondaire ; on l'oubliait dès qu'on regardait
Lyaaré de plus près comme Alan le faisait en ce
moment en s'approchant d'elle. Des images évo-
catrices défilèrent dans l'esprit du Terrien. Ce

corps svelte à la peau si blanche semblait le tronc
d'un jeune bouleau dressé au milieu d'une clairière ensoleillée, les cheveux d'or roux étaient un
feuillage d'automne, les grands yeux lumineux
fixés sur lui étaient de ce vert tendre, léger,
inimitable qui jaillit des bourgeons au printemps.
Mais cette comparaison végétale s'arrêtait au jeu
des tonalités, la chevelure s'animait de chauds
reflets vivants, les prunelles scintillaient, le corps
n'avait d'une tige que la souplesse mais non la
cylindrique uniformité ; le satin qui le moulait
révélait le fuselé des cuisses longues, la courbe
parfaite des hanches, la juvénile fermeté des seins
et Alan dut reconnaître que jamais aucun bouleau
ne portait de fruits aussi rouges que les lèvres qui
lui souriaient. Détournant une seconde son
regard, il vit qu'Ucsok s'éloignait déjà avec une
louable discrétion, s'en allait rejoindre Doniya.
La ressemblance entre les deux jeunes femmes le
frappa. Elles auraient pu être du même sang, elles
étaient également belles et attirantes, mais cependant il n'aurait pu les confondre. Bien que tout
aussi profond, l'émoi qu'elles suscitaient en lui
était différent, plus doucement insidieux chez la
Sarandienne, plus empreint de directe sensualité
chez la fille de Nemesh. Alan avait accepté de
réfréner son désir pour obéir aux lois de la
première, il serait intéressant de savoir quels
seraient les tabous de la seconde. Il s'inclina
poliment devant la jeune femme.

— Si vous étiez l'unique habitante de ce monde, fit-il courtoisement, votre rencontre suffirait à justifier mon long voyage. Je rends grâce à votre cousin de m'avoir conduit vers vous.

— Vous êtes très aimable, Alan, mais vous me prenez de court et je ne sais comment vous répondre. Ce genre de compliment banal est-il un rite de politesse chez vous ?

— Ma foi non. Il y a beau temps que les règles de civilité et de bienséance n'ont plus cours chez mes concitoyens. Seulement, chaque fois qu'il m'arrive de débarquer dans une civilisation nouvelle pour moi, je me fais un devoir de complimenter mes hôtes : ça ne peut jamais faire de mal. Quand je serai un peu plus au courant de vos usages, je m'y conformerai, même si je dois vous asséner une grande tape sur l'épaule en vous disant : « Comment va, mignonne ? »

— Vous ne perdez pas de temps pour vous adapter au milieu, n'est-ce pas ? A commencer par votre langage. Mon cousin m'a dit que vous l'avez appris et maîtrisé en quelques dizaines de minutes.

— Pure question de technique, je n'y ai aucun mérite personnel.

— Un mérite collectif, celui de la race supérieure à laquelle vous appartenez. Vous êtes en quelque sorte les Maîtres de la Galaxie ?

— Les maîtres de cent cinquante milliards de soleils ? Comme vous y allez ! Les civilisations humaines sont innombrables dans l'univers, sans parler des autres, il se trouve seulement que nous avons péniblement atteint un certain degré d'évolution et que vous, par exemple, avez encore un léger retard. Puis-je vous poser une question ?

— Très volontiers.

— Quelle est la signification de ce mot de walla dont Ucsok a fait précéder votre nom ?

— C'est un titre d'ordre spirituel. Dans la caste à laquelle j'appartiens et que nous nommons la caste du sang, c'est-à-dire des hautes familles dirigeantes, les hommes sont héréditairement membres du Conseil et chefs de guerre, cette seconde fonction n'étant d'ailleurs qu'une spécialisation particulière et qui s'ajoute à la première. Quant aux femmes, elles jouissent du même statut mais quelques-unes comme moi choisissent de jouer un autre rôle : elles suivent les chemins de l'initiation ésotérique.

— Les grandes prêtresses d'un culte religieux ?

— C'était ainsi autrefois. Aujourd'hui, le dogmatisme et le cérémonial ne sont plus que des souvenirs historiques. La notion d'un dieu immensément lointain demeure comme un symbole, mais je ne suis pas sa servante. Mon apprentissage a eu pour but essentiel de développer en moi l'intuition, de me rendre capable de sentir, de pressentir plutôt, si les conséquences d'un acte ou d'une décision seront bonnes ou mauvaises non pas dans l'immédiat mais dans ses conséquences futures. C'est pour cela que je suis ici auprès de la Haute Direction des opérations militaires et bien que je ne connaisse pas grand-chose à ce qu'ils appellent leur art. Quand ils étudient une quelconque stratégie ou un dispositif de bataille, ils ont logiquement tendance à ne voir que l'avantage obtenu sur le moment. Mon devoir est de deviner au second ou au troisième degré et, par suite, d'approuver ou de désapprouver. Mon opinion n'est pas obligatoirement prépondérante, mais il est très rare qu'on n'en tienne pas compte.

— Une égérie...

— Qu'est-ce que c'est ?

— Un nom passé chez nous dans l'usage courant et qui était celui d'une jeune beauté d'essence supérieure devenue la conseillère d'un grand roi. Vous, vous êtes la conseillère d'un Conseil. Quel avis avez-vous formulé lorsque vous avez appris ma venue ?

— Favorable a priori et plus encore depuis que je vous vois et vous parle. J'avais d'abord conçu certaines restrictions, elles tendent à s'effacer.

— Lesquelles ?

— Mon cousin Ucsok et au travers de lui tous les autres membres de l'État-Major, semblent n'avoir vu en vous qu'un surhomme détenant la foudre qui allait pulvériser nos ennemis. J'ai le sentiment qu'ils ont commis une erreur. Vous n'êtes pas un guerrier, n'est-ce pas ?

— Je suis un médecin, c'est une réponse.

— Oui. Vous voulez seulement que la vie continue...

Lyaaré s'interrompit subitement, Ucsok venait d'apparaître, le déjeuner était servi.

— Juste une collation sans formalités et pour attendre le soir. Il y aura réception officielle cet après-midi, j'ai peur de ne pouvoir vous éviter cette corvée, Alan. Il faut ménager vos forces. Il va de soi que si la perspective de cette cérémonie vous déplaît, nous l'annulerons, mais...

— Je saurai me résigner en espérant seulement qu'elle ne sera pas trop longue. Je viens de le dire à Lyaaré, j'ai pour habitude de me plier aux coutumes de mes hôtes et je suis d'un naturel poli et conciliant. A moins que les obligations sociales ne soient interminables ou se répètent trop souvent, naturellement...

— Rassurez-vous, ce sera la seule, les membres des différents Conseils et ceux de l'Exécutif tiennent à se rassembler en séance extraordinaire pour vous accueillir dans la salle d'honneur du grand palais, ensuite tout sera dit et votre liberté sera entièrement respectée.

La section plénière débuta à deux heures et, malgré ce qu'Ucsok avait laissé entendre, elle dura longtemps. L'Envoyé dut faire appel à ses inépuisables ressources de patience pour demeurer souriant jusqu'au bout. La salle, richement décorée, était de vastes dimensions, toutefois elle suffisait à peine à contenir l'ensemble des dignitaires de l'empire, Alan estima leur nombre à près de trois mille. Une rangée de fauteuils avait été disposée en arc de cercle sur l'estrade, le fauteuil du milieu était occupé par le plus ancien des princes du sang, Alan siégeait à sa droite auprès de Doniya, Ucsok venait en quatrième position. Il y eut toute une succession de discours dont il écouta le bourdonnement d'une oreille distraite poussant de temps à autre de l'épaule la jeune Sarandienne quand elle manifestait de façon très peu protocolaire une invincible tendance à s'endormir. Pendant tous ces étalages de majestueuse phraséologie, le Terrien tentait de tromper son ennui en détaillant du regard la composition de l'assistance où, bien que l'élément masculin prédominât, les femmes étaient en nombre appréciable. La civilisation locale était visiblement sortie de l'époque de l'inégalité des sexes, mais la plupart d'entre elles étaient déjà de cet âge respectable qui est censé conférer la sagesse. C'est pourquoi ses yeux revenaient fréquemment s'arrêter sur la séduisante silhouette de Lyaaré assise au premier rang et qui lui dédiait de longs sourires moqueurs auxquels il s'efforçait de ne pas répondre pour conserver le masque grave et austère convenant à la circonstance. La jeune femme n'avait certes pas besoin de son intuition de walla pour réaliser qu'il s'ennuyait prodigieusement, mais ce n'était guère gentil de sa part de chercher à provoquer son rire ; il ne manquerait pas de lui en faire reproche à la première occasion.

Brusquement il s'aperçut que ses voisins de l'estrade s'étaient tous tournés vers lui et il comprit que son tour était venu. D'un effort héroïque, Alan se dressa, s'éclaircit la voix et se lança résolument. Négligeant exorde et préambule, il reprit purement et simplement les termes de son dernier entretien avec Ucsok en présence de Gleti, confirmant son acceptation d'alliance tout en réservant son indépendance d'action, soulignant que son but était non de vaincre un ennemi mais d'aider l'empire à assurer définitivement sa sécurité dans la liberté et la paix. Peu de chose en somme et surtout rien de nouveau mais, retrouvant les secrets de l'art oratoire des grands politiciens, il répéta chaque phrase à plusieurs reprises sous des formes différentes jusqu'à ce qu'elles soient complètement vidées de leur sens et n'en deviennent par conséquent que plus frappantes — il réussit ainsi à tenir presque aussi longtemps que ses prédécesseurs. Sur le visage de Lyaaré, l'expression de douce ironie n'avait fait que s'accentuer, elle s'amusait certainement beaucoup et ce fut cette attitude qui dicta la péroraison qu'il accompagna d'un clin d'œil vengeur imperceptible pour tout autre qu'elle.

— Je vais donc dès demain me consacrer à l'étude de la situation au-delà de vos frontières, mais il ne faut pas oublier que je viens d'un monde différent au vôtre et que je pourrais parfois éprouver quelque difficulté à bien assimiler les faits et à bien comprendre vos réactions devant ces mêmes faits, les miennes risqueraient d'être autres comme peuvent l'être nos cultures et nos psychologies. Il me faut donc un guide, un interprète dont le mental soit capable de s'accorder au mien, de se syntoniser en quelque sorte. Celui d'une walla répond à cette condition. C'est pourquoi je vous demande comme une faveur la permission de m'adjoindre comme conseillère personnelle la princesse Lyaaré.

L'ovation fit trembler les murs jusque dans leur fondation et fut proprement indescriptible. Quand tout se calma enfin et qu'Alan eut réussi à prendre congé, Ucsok le rejoignit au bas des marches.

— Votre corvée est finie ! J'ai admiré votre patience et ensuite votre talent d'orateur. Vous avez dit juste ce qu'il fallait et comme il le fallait. La dernière phrase en particulier était remarquable en exprimant une volonté de vraiment vous rapprocher de nous en demandant une initiatrice. Seulement, je crois bien que même si vous ne l'aviez pas prononcée, le résultat aurait été le même, Lyaaré n'aurait laissé à nul autre le soin de s'occuper de vous.

***

Bien que présentant encore un certain decorum officiel, la seconde manifestation qui débuta après la tombée de la nuit était d'un ordre plus restreint et en quelque sorte professionnel. C'était le traditionnel banquet honorant la venue du précieux allié, non plus sur le plan de l'empire mais au sein de la corporation militaire avec laquelle il allait collaborer ; les agapes de fraternité. Tous les membres de la Haute Direction ainsi que les officiers des divers états-majors d'armes ou de services étaient présents, soit plus de deux cents personnes, ce qui entraînait déjà une appréciable animation. On avait choisi pour la réunion la plus grande salle disponible dans le bâtiment central de la section, celle du contrôle des opérations, débarrassée pour la circonstance de ses cartes et on y avait disposé quantité de petites tables arrangées de façon à dessiner un cercle approximatif. Cette répartition par groupes ôtait beaucoup de son formalisme à ce dîner et évitait aux hôtes d'honneur d'être constamment le point de mire de tous les regards. Quand l'atmosphère commencerait à se dégeler, ils pourraient jouir d'un relatif isolement sans cesser de participer. Au plus haut de la salle, une table particulière attendait Alan ainsi que Lyaaré qui prit tout naturellement place à son côté ; à l'autre bout et en diamétrale symétrie, le prince Ucsok s'assit en compagnie de Doniya. Puis tous les Nemeshiens s'installèrent, les grades supérieurs près des extrémités, les subalternes vers le milieu, la loi des préséances n'était pas oubliée. Il y eut d'abord quelques toasts portés par les plus anciens mais qui heureusement ne dégénérèrent pas en discours et, quand les plats apparurent et commencèrent à défiler en succession, l'ambiance devint vite semblable à celle de n'importe quel grand restaurant. Le Terrien se pencha vers sa commensale.

— J'espère que la coutume du repas en commun n'a pas un caractère d'obligation rituelle ? murmura-t-il. J'ai horreur de ce genre de convention dont le moindre défaut est la soumission à la collectivité. J'aime manger et boire quand l'envie m'en prend et non à des heures fixées.

— Ne craignez rien, cette soirée est tout à fait exceptionnelle. Son vrai but est de vous permettre de nous voir tous réunis et de vous montrer à chacun : c'est une forme de présentation générale. A partir de demain, nous pourrons à votre gré aller dans l'un ou l'autre des mess des sections résidentielles ou bien dans les restaurants de Shepran', à moins que vous ne préfériez que nous soyons servis en appartement.

— « Nous » ? Vous acceptez donc d'être mon guide ?

— Ne l'avez-vous pas exigé ? Les hautes autorités ont satisfait à votre demande, j'ai reçu mes ordres dans ce sens. Je suis très disciplinée et je remplirai mon devoir.

— C'est une excellente disposition d'esprit,

Lyaaré. J'espère que vous ne souffrirez pas trop de cette servitude, mais avouez que vous l'avez bien cherchée. D'un bout à l'autre de la cérémonie de l'après-midi, vous n'avez cessé de vous moquer de moi, surtout lorsque je me suis trouvé dans l'obligation de faire un speech. Pourquoi ?

— Ce n'était pas de la moquerie, Alan, tout au plus de la sympathie amusée. Je sentais que tout cela vous ennuyait tellement et ça me faisait rire. Quant à votre discours, il était réellement remarquable dans le domaine de la parodie ; vous avez réussi à imiter le ton emphatique et les périodes redondantes de tous ces vieux phraseurs du gouvernement — dans le genre charge il était difficile de faire mieux. Naturellement, tous ont bu vos paroles en dodelinant de la tête, mais moi, j'ai bien failli pouffer.

— Dommage que vous ne l'ayez pas fait, ça m'aurait soulagé de vous imiter, et nous serions peut-être arrivés à entraîner tout le monde dans un immense éclat de rire libérateur. Ceci dit, me pardonnez-vous de vous avoir forcé la main ?

— D'autant plus volontiers que j'avais moi-même décidé d'être votre... égérie, c'est ainsi qu'on dit, n'est-ce pas ? J'avais averti mon cousin avant la séance...

— Il y a fait une vague allusion plus tard. A propos de lui, je pense à Doniya qu'il a accaparée là-bas au fond. Elle risque de ne pas tirer beaucoup de calories de ce repas où dominent viandes et poissons également délicieux, car elle est strictement végétarienne comme tous ceux de sa race.

— Ucsok me l'a dit, n'ayez donc pas peur pour elle, le chef de cuisine a préparé à son intention un menu spécial et vous pouvez voir qu'elle mange de bon appétit.

Effectivement, la jeune Sarandienne semblait parfaitement à son aise et, bien que ses regards se fixent souvent en direction d'Alan, elle ne demeurait nullement lointaine et silencieuse, prêtant une attention enjouée aux paroles et aux attentions de son amphytrion. Rassuré sur son sort, l'Envoyé revint à Lyaaré. Prenant au sérieux son rôle de walla, elle entreprit de dresser un tableau de la vie quotidienne dans l'empire et sut le faire d'une façon imagée qui n'avait rien de didactique. Alan lui répondait en établissant des parallèles avec son propre monde ou avec ceux où sa vie aventureuse l'avait mené ; de part et d'autre le sujet était inépuisable. Pourtant, au moment où le repas tirait à sa fin, la jeune femme devint subitement silencieuse, parut s'abîmer dans une profonde réflexion. Brusquement elle releva la tête, fixa l'Envoyé droit dans les yeux.

— Alan, êtes-vous marié ?

— Voilà une question à laquelle il m'est bien difficile de répondre par oui ou par non. Je ne suis ni un saint ni un ascète, j'ai rencontré beaucoup de jolies filles sur beaucoup de planètes, il est parfois arrivé dans certaines civilisations et au

cours de certaines circonstances que je sois amené
à épouser l'une d'elles — si mes souvenirs sont
exacts, je dois donc être légalement uni à une
bonne dizaine de femmes au travers de la Galaxie.
Mais étant donné qu'il n'existe pas de lois interstellaires dans ce domaine et que surtout je n'ai
jamais commis l'erreur de m'enchaîner dans mon
pays d'origine, je peux me considérer comme
libre.

— Je me suis mal exprimée en faisant allusion à
des obligations religieuses ou morales, mais vous
avez quand même répondu. Les autres mondes
sont au fond du ciel, vous êtes ici. Doniya aussi.

— Ça, c'est tout à fait autre chose. Je ne la
connais que depuis très peu de temps, quelques
jours à peine pendant lesquels nous avons vécu en
parfaite camaraderie, sans plus. Elle n'est pas ma
maîtresse.

— Vraiment ? Elle est si belle...

— Tout à fait désirable, je le reconnais, mais
elle vient d'un monde où il existe certains tabous
que je me ferais scrupule d'enfreindre. Ce n'est du
reste pas pour elle une question de virginité
obligatoire, en fait, c'est moi qui n'ai pas le droit
d'y toucher aussi longtemps que certaines conditions préalables ne seront pas remplies et il n'est
pas sûr du tout qu'elles le soient un jour. Vous
savez tout, et maintenant à mon tour de vous
poser la même question indiscrète. Êtes-vous
mariée ?

— Une walla n'en a pas le droit, car les soins d'un foyer et les préoccupations domestiques la détourneraient de sa tâche. Cependant elle non plus n'est pas condamnée à demeurer vierge ; elle est libre d'aimer celui qui lui plaît. Seulement il ne serait pas moral qu'elle cherche à séduire un homme qui appartient à une autre, ne croyez-vous pas ?

— C'est la moindre des honnêtetés... Quoique, personnellement, je ne sais pas si je serais capable d'une pareille maîtrise de moi-même. Supposons par exemple qu'il s'agisse d'une femme qui vous ressemble, qui soit aussi belle que vous, aussi adorablement troublante, je doute fort que l'éventuelle existence d'un mari même férocement jaloux m'empêcherait de tenter sa conquête. Ne me regardez pas de cette façon, Lyaaré, sinon... J'ignore encore les techniques de l'art amoureux sur Nemesh ; est-ce que les amants s'y embrassent sur la bouche ?

Sous la nappe, une petite main tiède enlaça celle du Terrien, imprima ses ongles au creux de sa paume.

— Sur la bouche aussi, mais rarement au cours d'un banquet officiel. Il se termine d'ailleurs, vous pouvez si vous le voulez, quitter la salle sans manquer aux convenances.

— Avec vous ?

— Bien sûr ! Mes fonctions ne m'obligent-elles

pas à vous suivre ? A vous suivre ou bien à vous emmener... ?

A l'autre extrémité, Doniya suivit longuement des yeux le couple qui s'éloignait main dans la main, disparaissait derrière la tenture masquant une petite porte latérale. Elle se mordit la lèvre comme pour retenir un soupir, saisit le verre posé devant elle, le vida d'un trait, haussa doucement les épaules. Ucsok se pencha sur elle.

— Ma cousine semble avoir enlevé notre bel Alan, sourit-il. Cela vous cause-t-il du chagrin ?

— Oh ! non, il est tout à fait libre ! Même quand le destin que j'attends se sera réalisé, il sera toujours libre.

— Mais vous, l'êtes-vous aussi ?

— Tout autant que lui. Puis-je avoir encore un peu de ce vin ?

Au sortir de la salle du banquet, Alan s'orienta pour retrouver le hall d'entrée et les ascenseurs menant à l'étage des appartements réservés aux hôtes de marque mais, avec un signe de tête négatif, Lyaaré le tira dans la direction opposée vers un couloir qui débouchait sur la façade arrière. Elle le guida au long des allées du parc jusqu'à une petite villa dissimulée dans un bouquet de verdure.

— Ce n'est pas grand, mais c'est chez moi. Personne ne peut venir nous y déranger.

Les dimensions intérieures de l'habitation étaient en effet relativement réduites, le Terrien en enregistra le plan du premier coup d'œil. A part la cuisine, la resserre et la salle de bains parfaitement équipée, l'essentiel se composait du living-room et, séparée par une simple cloison mobile sur des glissières, la chambre à coucher. Dans le premier, tout était dévolu au confort, à la détente et à la tiédeur de l'intimité : ce n'étaient que tapis épais, fourrures et coussins ; de soyeuses et brillantes tentures ornaient les murs. Peu de meubles mais d'un sombre acajou poli qui s'harmonisait parfaitement avec le décor : une table très basse entourée de poufs, un bar-desserte, un combiné radio-phono qui s'était mis en marche dès leur entrée et diffusait une musique bizarre mais néanmoins agréable. Quant à la seconde, elle contrastait par sa tonalité beaucoup plus claire, gris perle en dominante et l'ameublement y était encore plus simplifié. Un très grand lit carré si bas qu'il semblait presque encastré dans le sol recouvert d'une moquette rouge, une penderie murale, une coiffeuse surmontée d'un long et haut miroir, un autre miroir en face, occupant, lui, la hauteur entière de la paroi. Ces deux glaces opposées agrandissaient considérablement la pièce par le jeu de leur double reflet et l'Envoyé constata qu'elles étaient très légèrement inclinées par rap-

port à la verticale, si bien que l'image du lit s'y
répétait à l'infini, non suivant une perspective
horizontale mais en deux fuites obliques et ascen-
dantes.

— C'est ma faiblesse, murmura la jeune
femme. J'aime à me voir multipliée tout entière
quand je m'endors et quand je me réveille. Je te
verrai aussi quand nos corps seront enlacés...

Pour Alan, ce jeu d'images vivantes n'était pas
sans rappeler certaines maisons qu'un moralisme
attardé désapprouve parfois mais il n'en tira nulle
conclusion défavorable. Son hôtesse était si belle
qu'elle avait bien le droit de contempler elle-
même sa beauté sous tous ses aspects et en toutes
circonstances ; le narcissisme n'est un péché que
lorsque l'être reflété est laid ou bien lorsqu'il se
penche trop et se noie en passant au travers du
miroir. En achevant son rapide inventaire des
lieux, il découvrit soudain, posé sur une petite
étagère d'angle, le sac de voyage qu'il avait
emporté en quittant le *Blastula* et qui renfermait
ses objets de toilette et son linge de rechange.

— Curieux..., sourit-il. Je croyais qu'on avait
porté mon bagage dans mon appartement.

— J'ai veillé moi-même à ce qu'il change de
direction. Mais si cela te déplaît, tu peux le
remporter, seulement n'oublie pas que, pour
obéir à ta propre demande publique, je serais
obligée de t'y suivre et le lit n'y est pas aussi bon
que le mien.

Elle se rapprocha jusqu'à l'effleurer, tendit vers lui ses yeux de printemps où s'élargissaient les pupilles sombres dans la brûlante angoisse du désir.

— Déshabille-moi..., souffla-t-elle d'une voix rauque.

Les agrafes de la robe étaient dociles et le frêle tissu était l'unique rempart. En une seconde elle était nue et, tout en se dévêtant lui-même avec une semblable rapidité, Alan recula d'un pas pour mieux la voir tout entière. Sa chevelure de flamme ardente, le rideau des cils battant comme une aile, la pourpre humide des lèvres ouvertes, les pointes durcies des seins, le ventre creusé frissonnant comme une moire, le triangle fauve et tendrement bombé d'où montait l'indicible parfum d'une chair secrète. Le sourire de Lyaaré trembla, s'accentua, elle voyait l'émoi d'Alan répondre au sien, se tendre impérieusement vers elle ; quand deux mains avides enserrèrent sa taille, elle se laissa aller d'un seul coup, bascula sur la couche en l'entraînant. Ses jambes s'ouvrirent, se rabattirent autour des épaules musclées. Elle gémit sous la précise caresse, devint un arc vibrant parcouru de longues houles. Le gémissement se changea en plaintes entrecoupées, devint la clameur continue d'un appel éperdu. Quand leurs deux visages se retrouvèrent et qu'elle s'ouvrit enfin complètement à lui, leurs yeux se rencontrèrent dans le miroir, s'emplirent de l'image innombrable de l'étreinte puis, ensemble, basculèrent lorsque déferla l'ultime volupté.

Lyaaré étira son corps libéré, s'agenouilla, contempla son amant.

— Je pressentais que ce serait merveilleux, mais à ce point... Je sais bien que j'ai encore beaucoup à apprendre dans ce domaine, mes expériences ont été infiniment moins nombreuses que tu ne peux le croire, tandis que toi... Pour un peu, je me sentirais jalouse de toutes celles qui ont su être tes égales dans le plaisir et peut-être tes initiatrices. Tu as dû me trouver bien novice, je n'ai pu que m'abandonner à la joie.

— La science des étreintes ne s'enseigne pas, elle se révèle d'elle-même, la sensualité est le seul guide. Sous ce rapport, tu n'as rien à envier à personne. Moi aussi, j'en étais certain d'avance.

— Je voudrais te croire, mais j'ai encore peur de t'avoir déçu. Tout ce que tu m'as fait, alors que j'étais impuissante à te répondre, cette interminable et délicieuse torture... Je ne savais plus ce qui m'arrivait, je croyais que j'allais devenir folle !

— Qui t'empêche de devenir à ton tour le bourreau ?

Les yeux de Lyaaré s'illuminèrent subitement.

— C'est vrai ? Tu l'auras voulu et tant pis pour toi si je suis maladroite. Je suis prête à recommencer autant qu'il le faudra...

Rideaux et volets clos empêchèrent le soleil de

filtrer un rayon indiscret dans la chambre ; du reste le couple dormait trop profondément pour avoir conscience de l'heure. La lutte avait été ardente, la victoire passant tantôt à un camp tantôt à l'autre, chacun succombant au moment où il se croyait sur le point de triompher. En tout cas Lyaaré pouvait être satisfaite, elle avait traversé victorieusement sa nouvelle initiation et méritait sans la moindre restriction les félicitations de son professeur...

CHAPITRE VI

La première réunion de travail de la Haute Direction des opérations avait été prévue pour le surlendemain de l'arrivée du *Blastula* . C'était un compromis entre l'impatience des Nemeshiens brûlant du désir d'entamer le plus tôt possible l'action et le souci de ne pas brusquer leur hôte. Sur le moment, ces heures de répit avaient paru largement suffisantes à Alan, maintenant il regrettait presque d'avoir à sortir si vite de la petite maison isolée au fond du parc. Il est de ces claustrations que l'on prolongerait bien volontiers dans un oubli total des mondes extérieurs. Partageant entièrement cette opinion, Lyaaré lui proposa de remettre à plus tard ce rendez-vous, il suffirait qu'il en exprime l'intention pour que tous s'inclinent. Toutefois l'Envoyé refusa de modifier le programme, il était curieux de savoir ce qui s'était passé pendant leur absence, particulièrement en ce qui concernait Doniya que leur brusque fuite au soir du banquet avait laissé seule auprès du bel Ucsok. En reprenant contact avec la réalité, Alan éprouvait des remords : la jeune Sarandienne avait été arrachée de son mystérieux palais, jetée au travers de l'espace pour qu'il puisse la recueillir, elle lui avait été confiée et, parce qu'elle s'était refusée à lui pour des raisons somme toute légitimes, alors qu'une autre non moins tentante s'offrait, il l'avait abandonnée. La seule excuse que pouvait se donner le Terrien était que, dans toute cette aventure, il n'était au fond qu'un instrument et que rien de ce qui s'était passé n'était dû au hasard. La fille issue d'une race était une promesse lointaine, la fille née d'une autre race était une réalité immédiate — il y a un temps pour chaque chose, un temps pour chaque amour. Tout ce qui demeurait à souhaiter était qu'Ucsok qui, depuis le tout début de la rencontre sur la planète des intersections, avait manifesté un intérêt de plus en plus marqué pour la séduisante Sarandienne ait su ne pas la violenter ni la décevoir. Quand, en compagnie de la walla, il émergea de la dernière allée, il trouva, au pied de la terrasse du bâtiment central le prince qui les attendait et Doniya droite et souriante était à ses côtés.

Ce fut elle qui s'avança la première, vint au devant du couple qui s'arrêta à sa vue, les dévisagea longuement avec une attention presque gênante, ses fossettes se creusèrent en un lent et lumineux sourire.

— Je vois que tout est bien pour toi, Alan, Lyaaré t'aime. J'aurais été malheureuse si elle n'avait été qu'une intrigante, si son seul but avait été de soumettre à son caprice le Maître des Étoiles.

— Qui vous dit que je ne suis pas orgueilleuse d'avoir pu lui plaire ? fit la Nemeshienne.

— Vous auriez tort si vous ne l'étiez pas. Seule une femme exceptionnelle peut être digne d'Alan.

— Et vous, qui êtes princesse comme moi, et qui êtes certainement non moins désirable, vous n'êtes pas jalouse ?

— Oh ! non, pas dans ces conditions ! Il a eu raison d'agir comme il l'a fait. Je vous remercie au contraire de lui donner ce que je n'ai pas le droit de lui donner moi-même. Pas plus que tout ce qui a été et que j'ignore, ce qui est ne peut rien changer au destin.

— Et toi-même, Doniya ? interrogea le Terrien.

— Que voulais-tu que je fasse, sinon me laisser guider par ton exemple ? Ucsok était là...

— C'était plus fort que moi, fit le prince en les rejoignant. Je la désirais tellement... Mais je vous jure, Alan, que je ne l'ai pas contrainte. Elle s'est librement donnée. Non, donnée n'est pas le mot. Elle a fait de moi son esclave, elle m'a révélé des joies d'une richesse, d'une intensité que je n'avais jamais connues, que je n'aurais même jamais osé imaginer...

— Toi aussi ? murmura Lyaaré. Tu as touché la réalité du paradoxe surhumain, désincarner l'extase et la sublimer, la transcender dans une agonie de volupté ? Atteindre des paroxysmes démentiels parce que ce sont non seulement des corps qui se fondent l'un dans l'autre mais aussi les esprits et même les âmes ? Ne pas être limité par le simple contact mouvant des muqueuses mais découvrir que cette joie délirante n'est plus localisée, qu'elle s'étend d'un bout à l'autre, de la pointe des orteils à la racine des cheveux et même au-delà, dans l'infini... Vois-tu, notre peuple a encore beaucoup à apprendre et pas seulement dans le domaine de la science et des techniques. Quand nous faisons l'amour entre nous, l'appel sexuel nous rapproche un moment, puis l'orgasme nous sépare. Nous nous endormons chacun de notre côté. Nous ne faisons que le premier pas, nous ne gravissons que le premier barreau de l'échelle et nous nous prétendons satisfaits sans comprendre que le seuil que nous n'avons pas voulu franchir s'est déjà refermé.

Alan écoutait en souriant cette profession de foi amoureuse à laquelle Ucsok répondait avec ardeur. Elle était en tout point révélatrice d'un stade d'évolution caractérisé ; en s'ouvrant les portes de la connaissance de l'univers et des lois qui le régissent dans l'infiniment grand comme dans l'infiniment petit, la race nemeshienne avait par la même occasion conçu le matérialisme dialectique. Les choses et les êtres n'étaient plus que des assemblages d'atomes, la notion d'affinités appartenait au domaine de la chimie, celle du magnétisme à la physique et celle de l'amour à la physiologie, à l'histologie et à la neurologie. Pour lui-même, sa propre civilisation avait eu la chance d'aller plus loin, de sortir du cercle des axiomes imposés par le jeu des négations et de surcroît, il avait personnellement connu d'autres expériences enrichissantes. Il avait pu découvrir les lois de la syntonisation neuronique auprès de peuplades planétaires douées de télépathie et faire lui-même de notables progrès dans ce sens. Il en avait usé en toute connaissance de cause à l'égard de Lyaaré en accordant la réceptivité de la jeune femme à la sienne et en les intensifiant toutes les deux, les sensations que chacun éprouvait se doublaient de la perception subconsciente de celles ressenties par le ou la partenaire, le rythme de crescendo s'unifiait sans déphasage et toujours avec cette double réponse simultanée ; passivité ou activité, caresser ou être caressé, le plaisir était aussi intense pour chacun, il se réfléchissait en se multipliant comme les images dans les deux miroirs de la chambre. La trop classique inégalité sexuelle : intervalle dépressif pour l'homme, insatisfaction correspondante pour la femme chez qui la montée de l'orgasme est plus lente et son épanouissement moins bref, tout cela était aboli, la volupté était réellement une ; en outre, ainsi que Lyaaré l'avait souligné, la syntonisation des influx nerveux entraînait littéralement une extension des zones érogènes tout au long de leurs fibres, chacun des sens participait totalement y compris les innombrables terminaisons tactiles couvrant chaque centimètre carré de la peau. Il n'était donc pas étonnant que la jeune walla ait été éblouie par une telle révélation, mais que, de son côté, Doniya ait pu éveiller pareillement Ucsok... Il suffisait de voir la façon dont il la regardait, la frôlait : elle lui avait ouvert des paradis jusqu'alors inconcevables et pourtant les expériences amoureuses avaient dû être nombreuses dans sa vie ; il était beau, séduisant, et ce qui ne gâtait rien, prince du sang et riche. Or, si jolie qu'elle fût, Doniya n'avait aucun don particulier en matière parapsychique, Alan l'aurait su dès le premier moment. De plus sa race était de beaucoup moins évoluée des trois. Cette faculté d'extériorisation de la sensualité était-elle d'une façon quelconque liée à l'éthologie de son milieu, à son imprégnation par le biotope ? L'absence de la haine, de la violence, du meurtre entraînait-elle en contrepartie le développement du potentiel sexologique ? Le Terrien considéra la Sarandienne avec un nouvel intérêt. En réponse, elle accentua son sourire.

— Je ne sais pas si j'ai eu raison ou tort de céder, dit-elle, mais tu m'avais donné l'exemple et tu ne peux te tromper. Cela ne change rien à la destinée, n'est-ce pas ?

— Rien. Ce qui est devait être et ce qui sera est également écrit. La seule chose qui compte est que tu sois heureuse.

— Je le suis et toi aussi. Nos routes demeurent ce qu'elles doivent être. Tu as Lyaaré, je suis à Ucsok, à chaque étape de la route suffit sa joie. Il est si fort et si doux à la fois, si plein d'attentions... Sais-tu qu'il a poussé la tendresse jusqu'à devenir végétarien ?

— Ce n'est pas seulement de l'amour, fit le prince, c'est aussi de la raison. Non seulement ce régime alimentaire est beaucoup plus naturel mais il me plaît entièrement. J'en suis à me demander comment j'ai pu manger de la viande de bêtes mortes, cette seule idée me répugne maintenant. Ne crois pas, Doniya chérie, que je fais un sacrifice pour te plaire, je me suis transformé en adepte convaincu. Tu devrais t'y mettre aussi, cousine.

Alan contempla Ucsok en fronçant légèrement les sourcils, se retourna vers sa compagne.

— N'en fais surtout rien, je détesterai te voir brouter de l'herbe pendant que je dégusterai un beefsteak bien à point. Nous sommes omnivores, nous, la nature nous a dotés de canines et pas seulement d'incisives, nous avons le droit de goûter à tous les plaisirs.

— N'insiste pas, murmura la jeune femme, tu

me donnes envie de mordre. Dans une chair bien vivante…

Si Alan avait craint d'avoir à supporter à nouveau une longue séance ennuyeuse au cours de laquelle un aréopage de galonnés luí ferait subir une débauche d'exposés, il fut très vite rassuré. Ucsok introduisit directement le Terrien dans le bureau du Haut Directeur Général, le prince Erevry, responsable suprême de la coordination toutes armes. Celui-ci, un homme dont la chevelure blanche trahissait l'âge avancé, accueillit ses hôtes avec une cordialité exempte de toute cérémonie — lors de la première présentation d'arrivée, Alan l'avait instinctivement classé comme un personnage sympathique, direct, dépourvu de la morgue trop souvent inhérente à des titres et des fonctions aussi élevés, son attitude présente justifiait largement cette première impression. A l'exception d'un officier secrétaire assis dans un coin devant une batterie de téléphones, il était seul dans la pièce remplie de clarté par les grandes baies donnant sur la plaine et vint les accueillir sur le seuil. De confortables fauteuils les attendaient disposés auprès de petites tables supportant non pas des sous-mains et des blocs de papier comme il est d'usage dans toute réunion de travail, mais des bouteilles multicolores et des verres, évoquant ainsi plutôt une cocktail-party.

— J'ai pensé, docteur Alan, que l'inévitable

touche de formalisme qui a marqué la première journée avait été plus que suffisante. Vous l'avez stoïquement supportée, mais vous préférerez certainement que nous abandonnions tout décorum. Me suis-je trompé ?

— Bien au contraire, vous ne pouviez me faire plus de plaisir. La princesse Lyaaré a déjà merveilleusement su faire de moi l'un des vôtres, l'amitié du prince Ucsok et votre propre attitude complète son œuvre. J'avais peur que ma qualité d'Extranemeshien ne me vaille d'être isolé par un mur de curiosité et de méfiance.

— Ce sera seulement le respect pour votre supériorité de connaissance ou de moyens et la gratitude due à l'espoir que vous avez fait naître en nous. D'autre part, était-il nécessaire d'entreprendre un briefing complet et qui n'aurait pas manqué d'être interminable ? A votre demande, Ucsok a bien précisé que vous teniez à demeurer entièrement libre de vos actes, et rien n'est plus juste car nous ne pourrions nous permettre de vous imposer des directives alors que nous sommes incapables d'appréhender les possibilités de vos armes et donc de concevoir vos tactiques. Ce qu'il vous faut, c'est un tableau aussi précis que possible de la situation telle que nous la connaissons nous-mêmes, c'est-à-dire incomplètement, étant donné les distances en jeu et les retards d'information correspondants.

— C'est en effet exactement ce qu'il me faut.

Ne vous préoccupez pas trop des trous dus à la
lenteur relative de vos communications, je saurai
les boucher par la suite.

— Je n'en doute pas. En conséquence, posez
toutes les questions dont vous avez besoin, j'y
répondrai. S'il y a des points de détail qui
m'échappent, mon adjoint interrogera directement par téléphone les spécialistes voulus, nous
éviterons ainsi une perte de temps et toute
digression inutile...

Effectivement, l'Envoyé n'avait nul besoin de
connaître les organigrammes ou les dispositifs des
forces en présence, non plus que leurs capacités
logistiques et en matériel de combat, il avait situé
ces deux civilisations sur l'échelle de la science,
elles correspondaient approximativement à la première décennie du xxie siècle terrien ; elles appartenaient pour lui à l'histoire du passé et il suffisait
qu'il fasse appel à sa mémoire. Ce qu'il lui fallait,
c'était le plan du terrain et les axes de progression,
l'emplacement des bases occupées ou prévues,
toute la carte tridimensionnelle. Elle se précisa
rapidement dans son extrême simplicité ; la technique d'avancement saut par saut interdisait tout
contournement qui aurait été infiniment trop long
à réaliser, Tout se ramenait en définitive à cette
ligne longue de près de quarante années-lumière
formant le plus court chemin entre Nemesh et
Kegyetl. La base la plus avancée du premier
empire était cette planète où s'était opérée la

convergence Doniya, Alan, Ucsok, seize à dix-sept années-lumière en chiffres standard. Pour l'autre côté, les plus récentes détections semblaient indiquer que l'adversaire avait accompli un parcours sensiblement égal — le no man's land résultant devait par conséquent être de l'ordre de cinq à six unités, le choc des fronts était encore loin d'être immédiat, mais il était impossible de savoir si des fusées kegyetliennes n'étaient pas déjà en route dans ce secteur pour atteindre une position plus rapprochée. D'après les relevés astronomiques, il y avait dans cette interzone un nombre relativement élevé d'étoiles, donc une quantité probable de planètes susceptibles d'être transformées en nouvelles bases — Alan avait tout naturellement tendance à supposer que Sarand se trouvait du nombre ; quelle aurait pu être sinon la signification de la présence de Doniya ?

— L'exploration de cette région intermédiaire va constituer ma première action, fit le Terrien, mon vaisseau étant équipé pour aller n'importe où et dans des temps relatifs qui se comptent en heures et non en années, j'aurai rapidement mené à bien cette exploration et je connaîtrai la véritable situation actuelle de visu et sans la moindre incertitude.

— Vous obtiendrez ainsi une figuration de l'ordre de bataille de nos ennemis, approuva Erevry. Toutefois, pour mieux juger de leurs intentions futures, il serait bon que vous soyez documenté sur leur mentalité, leur psychologie, leur façon de juger et, partant, d'organiser et de prévoir ; les aspects arbitraires de leur comportement les rendent très différents de nous. Je pense à ce vaisseau que nous avons capturé par accident, la synthèse des interrogatoires de son équipage vous fournira une utile documentation.

— Elle ne m'intéresse pas. Je suis sûr qu'elle est très complète et très instructive, mais elle est fatalement subjective ; non seulement vous les avez analysés dans des conditions anormales, mais vous l'avez fait par rapport à vous. N'oubliez pas de surcroît que ce sont vos ennemis et non les miens. Mon rôle est de faire en sorte qu'ils ne puissent vous nuire, cela n'impliquera pas nécessairement que je doive leur déclarer une guerre personnelle. Je ne frapperai que là où il faut et uniquement là où il le faut et ce ne sera qu'au second stade, quand j'aurai tous les éléments en main.

— Bravo ! s'exclama Ucsok. Jamais comme maintenant cette vérité ne m'était apparue aussi évidente. Cette paix qu'Alan va nous obtenir, de quelle valeur serait-elle si elle était acquise au prix de vies humaines ? Ce sont nos frères dans la Galaxie, ils ont le même droit à l'existence que nous...

Le Nemeshien s'arrêta brusquement, passa nerveusement la main sur son front, baissa la tête.

— Tuer est un crime sans pardon, murmura-t-il d'une voix plus sourde.

Erevry le fixa d'un regard stupéfait.

— Quelle étrange profession de foi et combien inattendue de votre part ! De tous les responsables de la Haute Direction, vous avez toujours été le plus chaud partisan de la théorie de l'offensive à tout prix. La tactique de défense la plus sûre est d'attaquer avant d'être attaqué, d'investir la première ligne ennemie avant qu'elle n'ait pris son élan et briser impitoyablement toute velléité de résistance, c'est votre propre dogme. Ce sont bien des bases entières que vous projetez ainsi d'anéantir avec tout leur personnel.

— Me suis-je réellement exprimé ainsi ? Les mots ont dû trahir ma pensée.

— Nous avons parlé de tout cela ensemble, l'autre jour, intervint Alan, avec Gleti d'abord, ensuite pendant le voyage. Ce que je vous avais laissé entendre au sujet de la puissance de mon armement avait peut-être un peu modifié votre façon de voir, mais ne proposiez-vous pas que j'abatte quelques-uns de leurs croiseurs et que je fasse également des démonstrations au sol, raser une ou deux villes par exemple ?

— C'est vrai, je me souviens… Tout au moins, lorsque Gleti a abordé pour la première fois le thème avec vous, des projets de ce genre ont pu être évoqués…

— Ah ! non, mon vieux ! Votre charmante

9

biologiste accomplissait une mission que *vous* lui aviez confiée : elle était l'intermédiaire diplomatique chargée de me sonder au sujet d'une alliance. Si j'avais refusé, nos relations personnelles n'en auraient pas souffert puisque vous paraissiez rester en dehors de toute transaction, mais Gleti n'était en réalité pas autre chose que votre porte-parole. La doctrine d'une offensive préventive ne pouvait être née dans l'imagination d'une simple thérapeute et vous me décevriez si vous prétendiez aujourd'hui la désavouer alors qu'elle n'est même pas là pour se défendre.

Sous le regard aigu d'Alan, Ucsok pâlit, se redressa, piqué au vif.

— Je ne commettrai certainement pas cette lâcheté, quoi que Gleti vous ait dit, ce ne peut être que ce que je lui avais demandé de dire, ma responsabilité est entière. Seulement tout cela se passait là-bas, aux premières heures de notre rencontre ; mon point de vue a beaucoup changé depuis. Ce que j'envisageais autrefois se basait probablement sur des conjectures toutes théoriques, le décalage spatio-temporel faisait que la situation réelle m'échappait ; tout n'était au fond qu'un jeu, un kriegspiel. Les événements m'apparaissent maintenant sous un angle entièrement différent.

— Depuis quand exactement ?

— Je ne saurais le dire. Cependant il me semble évident que vous êtes vous-même à l'origine de mon attitude. Ne m'avez-vous pas à plus d'une reprise expliqué que votre participation consisterait à empêcher la guerre d'éclater et non à imposer une domination ? C'est bien pourquoi ce que vous avez exposé tout à l'heure a entraîné mon réflexe d'approbation.

— Vous ne m'aviez pas tellement semblé convaincu par mes déclarations de principe. Vous les acceptiez parce qu'elle constituait une condition sine qua non, mais vous conserviez vos propres positions de militaire professionnel. Que je paralyse l'adversaire, que je le frappe de terreur, que j'ouvre ainsi la route à vos forces, le reste serait votre affaire... Vous avez fait du chemin depuis.

— J'ai eu tout loisir de réfléchir. Deux nuits et un jour, toutes ces heures qui se sont écoulées pendant que vous vous étiez isolé avec Lyaaré et que moi aussi j'étais seul avec Doniya. J'ai réfléchi...

— Étonnant ! En ce qui me concerne, l'isolement en compagnie d'une belle et tendre amoureuse me conduit rarement à des supputations métaphysiques et encore moins politiques. J'avais cru comprendre que vous aviez su trouver la même sorte d'évasion auprès de Doniya. A moins que ce soit elle qui n'ait entrepris de vous endoctriner, je sais qu'elle est congénitalement pacifiste.

— Quelle idée ! Non, mon attitude présente est

le résultat d'un travail inconscient de mon cerveau. Ma conscience active... Est-il nécessaire que j'en dise davantage ?

— Ne vous irritez pas, intervint Erevry. Mon étonnement devant votre nouvelle attitude était logique, mais je ne vous fais aucun reproche. D'autant que pour le moment nos opinions personnelles n'entrent pas en ligne de compte. Nous avons accepté de laisser au docteur Alan une indépendance d'action absolue et si vous abondez aujourd'hui dans son sens, je ne peux qu'approuver. Pour en revenir à cette première mission de reconnaissance, son programme et ses modalités dépendent uniquement de lui, elle ne nous concerne pas directement. J'aimerais seulement savoir si elle se bornera à une simple étude de situation ou si elle peut éventuellement devenir opérationnelle dans une certaine mesure.

— Je ne puis le prévoir, répondit le Terrien, cela dépendra des circonstances rencontrées, des initiatives que je pourrais être appelé à prendre en conséquence. En tout cas je ne serai pas longtemps absent et vous aurez un compte rendu précis dès mon retour.

— Je vous comprends et je n'en demande pas plus. Tout repose désormais entre vos mains. Quand prévoyez-vous votre départ ? Étant donné vos extraordinaires possibilités de déplacement, il n'y a d'ailleurs aucune urgence et je ne voudrais surtout pas paraître vous brusquer...

— Nullement. Toutefois à quoi bon attendre ? J'espère bien que j'aurai encore amplement l'occasion d'apprécier votre hospitalité, sauf si vous me considériez comme un mercenaire que l'on congédie quand on n'a plus besoin de ses services...

— Ne dis pas de choses aussi stupides ! s'exclama Lyaaré. Je sais que tu ne les penses pas, heureusement, sinon tu m'obligerais à répondre que tu ne peux dépendre de l'empire puisque c'est l'empire qui t'appartient.

— Merci d'avoir exprimé ma pensée, sourit Erevry. Je ne voudrais pas que mes questions paraissent indiscrètes...

— Elles ne le sont pas, fit Alan. Les décisions ultimes dépendront finalement de Nemesh et uniquement de Nemesh. Je partirai dès demain.

— Seul ou avec quelques-uns des nôtres ?

— J'avais envisagé d'emmener Ucsok et naturellement Doniya, je viens de changer d'avis. Je vais m'aventurer en territoire considéré comme ennemi, d'éventuels engagements de force sont dans le domaine du possible et si je suis amené à transformer momentanément mon *Blastula* en unité de combat, je préfère ne pas avoir à mes côtés sur la passerelle des pacifistes réprobateurs. Tu ne m'en veux pas, princesse lointaine ?

— Non, puisque tu reviendras. Je t'attendrai en compagnie de notre ami.

— Je ne sais pas si je dois regretter ou non de ne pas en être, murmura ce dernier, mais je crois que vous avez raison, Alan. J'attendrai aussi, avec elle.

— Vous irez donc seul ? interrogea le Haut Directeur.

— Oh non, modula doucement Lyaaré, il m'emmène, naturellement...

CHAPITRE VII

La rapidité avec laquelle Lyaaré s'adapta au *Blastula* fut littéralement stupéfiante. Il n'y avait pas une heure que le vaisseau avait décollé, pas vingt minutes qu'il avait plongé dans l'incolore néant du continuum, qu'elle y évoluait avec la même aisance que sans sa propre maison : elle y était chez elle. Ce n'était pas la première fois qu'Alan avait à son bord des Extraterriens ou des Extraterriennes, les mœurs de la Fédération avaient depuis longtemps dépassé le stade de l'obligatoire hétérosexualité et si les circonstances avaient voulu que sa passagère soit un passager jeune et sans complexes, l'Envoyé aurait été capable de se montrer à la hauteur de la situation, la nécessaire recherche de l'équilibre du tonus vital par la libération de l'énergie neuro-endocrinienne de base aurait été la même bien que les chemins eussent été légèrement différents. Théoriquement, les échanges homosexuels devraient même être plus proches de la perfection puisque la réciprocité pouvait être totale ; cependant cette évidence logique n'empêchait pas Alan de demeurer passablement rétrograde : il continuait à manifester une préférence marquée pour les partenaires féminines. En fait, il y avait à cela plusieurs raisons dérivant toutes du caractère particulier de sa vie d'errant galactique. Tout d'abord, les civilisations qu'il était amené à rencontrer étaient en règle générale plus primitives que la sienne et c'était logique, car si la durée moyenne d'une évolution est de l'ordre de cinq millions d'années standard, sa période d'hypercroissance asymptotique ne dure que quelques siècles — la probabilité est donc considérablement plus grande d'arriver quelque part entre le Néanderthal et le préhellénisme plutôt que dans un laboratoire de physique nucléaire. Or, tant qu'une peuplade n'en est encore qu'au début de son développement démographique, elle tend à ne considérer l'amour que sous l'angle de la reproduction, elle se crée des tabous religieux ; la sensualité est un piège sournois tendu par une divinité qui se prétend infiniment bonne : « je t'ai doté des organes du plaisir, mais si tu t'en sers tu brûleras dans les flammes éternelles... » Il allait de soi que semblable règle morale était encore plus stricte en ce qui concernait les relations entre personnes de même constitution anatomique. Se livrer à des turpitudes qui ne pouvaient en aucun cas aboutir à la procréation, quelle horreur ! Quel impardonnable crime ! En conséquence, dans la majorité des mondes extérieurs, l'habitude de se plier aux coutumes de vigueur était devenu pour Alan une seconde nature, il était par voie de conséquence gynophile. En outre ses facultés supranormales de syntonisation le protégeaient contre tout sentiment de frustration, en admettant qu'il en eût éprouvé. Cet accord psychique qui lui permettait de ressentir simultanément la joie donnée et celle reçue était une source de volupté inégalable, l'homosexualité ne pouvait atteindre à la même richesse puisque de chaque côté les réponses étaient identiques et demeuraient externes, tandis qu'avec une femme, la gamme s'étendait démesurément en s'intériorisant.

Cette incidence n'a pour but que de préciser pourquoi, contrairement à Zeus se métamorphosant en oiseau de proie pour enlever Ganymède, Alan n'emmenait d'habitude dans l'espace que de séduisantes beautés appartenant indiscutablement au sexe opposé et, de surcroît, il ne le faisait jamais contre leur gré. Pour Doniya, il aurait été criminel de l'abandonner sur une planète déserte ; pour Lyaaré, c'était elle qui avait exigé de venir. Du reste, dans chacune de ces deux occasions, il s'était comporté en parfait gentleman. Il avait respecté les tabous de la jeune Sarandienne et ne l'avait pas touchée alors que pour la provocante walla, il lui avait laissé presque toutes les initiatives. C'était elle qui l'avait entraîné sur la voie du péché et aucun censeur n'aurait pu lui reprocher d'avoir cédé à son désir.

En tout cas, Alan était sincèrement étonné de l'immédiate intégration de Lyaaré dans ce cadre qui aurait dû pourtant lui paraître fantastique sinon terrifiant. Avec les passagères issues de races primitives, la chose était généralement courante et cela n'avait rien de paradoxal, tout ce microcosme sophistiqué renfermé dans l'hermétique coque de plastométal était tellement différent de tout ce qu'elles connaissaient, tellement inconcevable qu'elles ne pouvaient que l'admettre d'instinct et sans se poser de questions. Pour elles, le maître de bord était un être infiniment supérieur, une divinité, il était tout naturel que le monde dans lequel il vivait leur soit incompréhensible — on ne demande pas à un dieu qui manie la foudre les secrets de cette foudre ; on ne s'étonne pas d'être servi par d'invisibles robots, ce sont des anges qui obéissent à leur maître ; on admet sans peine d'être transporté au long des années-lumière puisqu'on ignore tout de la cosmographie et des distances interstellaires ; on ne remarque même pas, sauf pour en jouir, que ce dieu possède des attributs indubitablement physiques et qu'il s'en serve tout comme un simple humain, toutes les mythologies sont pleines de récits où les Olympiens s'unissent aux mortelles. Pour Doniya par exemple, et sauf ce qui concernait le dernier point, c'était bien ce qui s'était passé. Toutefois il fallait ajouter qu'elle avait été inconsciemment préparée à l'extraordinaire révélation : la prophétie, le rêve, le transfert... Mais pour Lyaaré, c'était tout autre chose : elle avait déjà le savoir des possibilités de la science moderne, elle connaissait les fusées spatiales avec leurs minuscules cabines de métal, leurs étroites couchettes de sangles, le long épuisement des accélérations ou des décélérations continues. Aussi le déplacement paradimensionnel entre les bases de l'empire, plus court mais non moins inconfortable puisque la gravité artificielle était inconnue et qu'il s'effectuait en non-pesanteur à l'intérieur d'un habitacle nu où il fallait porter des chaussures aimantées et s'accrocher aux poignées rivées sur toutes les surfaces pour se mouvoir ; il était pratiquement impossible d'y dormir et encore moins d'y faire l'amour. Et maintenant elle se trouvait dans un appartement luxueux, elle y évoluait tout aussi normalement que dans sa propre maison, elle disposait d'une salle de bains merveilleusement équipée, il lui suffisait de composer un chiffre sur un cadran pour voir apparaître le plat et la boisson désirés, elle pouvait à volonté modifier l'ambiance, contempler dans les triramas des fausses fenêtres des paysages inconnus dont les brises tièdes et les parfums exotiques venaient la caresser, et elle trouvait tout cela parfaitement normal. Elle était très loin d'être une primitive et cependant le même phénomène s'opérait en elle avec une simple variante dans sa formulation : Alan n'était pas un dieu mais il était venu d'un monde plus avancé, c'était l'image de ce monde qui l'entourait présentement. Un jour ce serait aussi le sien, celui de ses descendantes, la différence n'était qu'une simple question de progrès technique et elle n'éprouvait pas le besoin de s'initier à ce progrès ; le domaine de la science matérielle n'était pas le sien, il lui suffisait de s'y épanouir.

Très vite elle avait senti que le meilleur moyen d'être en accord avec le cadre consistait à supprimer tout anachronisme, les vêtements de son siècle ne pouvaient à ses yeux s'harmoniser à ce monde, seul le corps est intemporel. Elle avait donc rejeté sa robe et même ses bijoux, elle allait et venait intégralement nue avec une magnifique impudeur, apudeur serait beaucoup plus juste, car le premier terme invoque un refus de se plier aux conventions sociales et un complexe contestataire alors qu'elle se contentait d'ignorer le tout superbement. Bien entendu, Alan l'avait aussitôt imitée, appréciant à sa pleine valeur cette mode édénique qui permettait d'extérioriser sans ambiguïté les sentiments, de se laisser emporter par les vagues d'un brusque désir et de reprendre pied sur la plage apaisée sans avoir chaque fois à lutter contre des fermetures coincées ou des triangles de soie trop peu élastiques pour coulisser simultanément au long de deux diagonales.

— Les habits sont une défense, une barrière

contre l'agression, disait Lyaaré, mais à quoi pourraient-ils me servir quand je ne veux pas repousser un ennemi mais au contraire céder sans condition ?

— Peut-être à te rendre plus désirable encore en te réfugiant derrière un simulacre de défense ?

— Aurais-tu davantage envie de moi si je me sanglais à l'intérieur d'une hermétique combinaison d'astronaute ?

— Je ne ferais absolument rien pour t'en extraire, tu ne serais pas longue à en sortir de toi-même...

L'expérience ne fut pas tentée, mais quand résonna le signal annonçant la première émergence de l'hypernef, l'hypothétique spectateur qui aurait pu jeter un regard indiscret dans le poste central aurait certainement été déconcerté par le contraste : un décor ultrafuturiste de consoles et de tableaux scintillants de mille lumières, de claviers, d'écrans pleins de polychromes fluorescences et, au centre de tout cet arc de métal poli et de cristaux irridescents, un couple de sauvages tout droit sortis de la jungle primodiale où les tribus errantes d'anthropoïdes n'ont pas encore appris à tanner les peaux des bêtes pour en ceindre leurs reins ; elle, si souple et flexible, si blanche qu'elle n'avait jamais dû sortir du fond de sa caverne, lui, le chasseur de fauves, l'homo erectus à la peau hâlée, aux muscles longs et durs du coureur entraîné à forcer l'antilope au travers

des hautes fougères arborescentes. Deux échantil-
lons des ancêtres du Cro-Magnon en train de
décrypter tranquillement la sarabande des chiffres
défilant sur le terminateur du maître ordinateur
de navigation, de se pencher sur les multiples
enregistrements des détecteurs, analyseurs, scanners et autres senseurs, de centrer les collimateurs
dans le champ des téléobjectifs. C'était plus que
de l'anachronisme, c'était de l'indécence fla-
grante, les navigateurs de l'espace doivent porter
des vidoscaphes avec des casques en dôme trans-
parent et ils doivent être asexués. Tout nus, et
sans même la rituelle feuille de vigne imposée par
le Créateur ? C'était la preuve indiscutable qu'ils
ignoraient les bienfaits de la civilisation et dans ce
cas comment pouvaient-ils être là dans ce vaisseau
qui constituait l'aboutissement ultime des progrès
de cette civilisation ? Arrivé devant ce mur impé-
nétrable de mystère et probablement choqué par
l'incongruité de la vision, l'hypothétique spectateur se désintégra et Alan se tourna vers Lyaaré.

— Nous voilà de retour aux frontières de
l'empire, et même un peu plus loin dans le no
man's land, la planète où Doniya et moi avons
assisté à l'atterrissage de la fusée de Nemesh se
trouve là, sur l'écran inférieur, à quatre cents
millions de kilomètres en arrière de nous. Tu veux
que nous y fassions escale afin de voir si l'équipe
ne rencontre pas trop de difficultés pour installer

la base ? Je te préviens seulement qu'il faudra que nous nous habillions...

— Ce serait une perte de temps. Tu es parti pour explorer l'autre côté, pas le nôtre dont nous avons déjà la carte exacte. A moins que tu ne veuilles retrouver Gleti ?

— Elle n'est plus tout à fait dans l'adolescence, mais elle ne paraît pas dépourvue de charmes bien que je n'aie pas eu l'occasion de me documenter plus complètement. Seulement j'aurais trop peur de la décevoir, mes forces ne sont pas inépuisables et tu les mets trop à l'épreuve pour que je puisse faire face dignement à l'arrivée de troupes fraîches. Laisse ta main sagement posée sur l'appui du fauteuil, tiens-toi convenablement et faisons un tour d'horizon.

— Le fouillis d'étoiles qui remplit le grand écran doit représenter l'empire de Kegyetl ?

— Seulement la partie centrale délimitée par le collimateur, en admettant toutefois que sa sphère d'expansion soit analogue à celle de Nemesh, ce qui est une simple hypothèse plausible mais non une certitude tant que nous ne serons pas allés plus loin. La croisée des réticules verts matérialise l'axe théorique joignant leur métropole à la tienne, les distances mesurées sont conformes. Je rétrécis maintenant l'angle de visée en augmentant donc parallèlement le grossissement et j'atténue la brillance des astres lointains pour intensi-

fier en contraste ceux qui sont plus rapprochés.
Que vois-tu ?

— Un velours noir piqueté de faibles étincelles
sur lequel sont posées comme dans un écrin une
douzaine de pierres scintillantes. C'est très beau.

— Je parle seulement de ce qui est délimité par
le cadre, le reste est trop en dehors du point de
tangence.

— Alors il n'y en a plus que cinq. Quatre
jaunes, une bleue mais elles ne sont pas nettes, il y
a comme un vague halo tout autour. Non pas celle
de droite, les quatre autres seulement y compris la
bleue.

— Cela signifie qu'elles possèdent des cortèges
planétaires. Éliminons en principe la bleue, elle
est trop chaude et trop riche en radiations pour
que ses satellites soient habitables. Pour les trois
dernières, la probabilité devient très grande qu'il
n'en soit pas de même et qu'on puisse y trouver
un terrain acceptable pour y implanter la base
d'assaut.

— Elles sont plus ou moins au point d'équidis-
tance et donc en plein milieu du no man's land ?

— C'est bien ça. Le premier des deux antagonistes qui occupera l'une d'elles aura accompli un
pas décisif.

— C'est peut-être déjà fait par eux ?

— Non. S'il en était ainsi j'enregistrerais d'ici
la présence d'un émetteur de guidage paradimensionnel et ce n'est pas le cas, mais rien ne nous dit

qu'une fusée n'est pas actuellement en route et alors ils auraient quand même une avance notable puisque celle des tiens n'est pas encore partie pour effectuer le dernier saut. De toute façon nous devrions disposer encore d'un délai ; nous l'évaluerons en temps utile. Je passe maintenant à un autre palier de vision en profondeur... Tiens, voilà ce que je cherchais !

Après deux ou trois variations alternantes dans le relief apparent, une étoile dorée s'isola à quelques minutes de la croisée des réticules. Un second collimateur, triangulaire et de teinte rouge, vint automatiquement l'entourer et le reste de l'écran s'éteignit.

— Télétomoscopie, commenta brièvement Alan. Toutes les conditions requises sont présentes : cortège planétaire suffisamment nombreux pour admettre une orbite favorable et mes détecteurs signalent l'activité d'un émetteur paraspatial. Voilà la base avancée de Kegyetl. Je note une très intéressante similitude de mouvements chez les deux empires : ce système se trouve à près de trois années-lumière au-delà du point de tangence, précisément comme celui où j'ai rencontré Ucsok dans l'autre sens. Pour le moment les positions sont symétriques, la partie est égale, tout dépend désormais du dernier coup qui reste à jouer. Celui qui atteindra le premier la case centrale aura le maximum de chances de faire échec et mat.

— Mais tu vas bloquer l'autre pion, n'est-ce pas, chéri ? C'est nous qui allons prendre possession du point critique ?

Alan coupa l'écran, se laissa aller en arrière dans son fauteuil.

— Il est trop tôt pour répondre..., murmura-t-il lentement. J'ai besoin de connaître encore pas mal de choses...

Grâce à ce premier examen, Alan se trouvait donc détenteur d'éléments d'information satisfaisants au sujet de la zone opérationnelle, des éléments beaucoup plus précis que ceux déduits des extrapolations théoriques de l'État-Major nemeshien. Non seulement les objectifs probables de la dernière mise en place, mais surtout la position exacte de la base avancée de Kegyetl ; la connaissance du dispositif ainsi dessiné permettait désormais de prévoir quasi mathématiquement le futur ordre de bataille. A partir de là, le Terrien pouvait, s'il le jugeait bon, étendre son exploration jusqu'aux plus extrêmes limites, rien ne restreignait ses possibilités de déplacement, le survol de la métropole elle-même ainsi que des plus lointaines ramifications de la sphère d'expansion n'aurait été l'affaire que de quelques jours et il aurait pu en tirer une bonne estimation du chiffre global de la population et de l'importance de ses forces, de ses ressources, de ses moyens. Mais en fait, ce travail méthodique lui parut superflu ; il savait déjà que les deux civilisations se trouvaient à des stades équivalents, les problèmes de recensement, de statistiques ou même d'ethnologie étaient pour le moment secondaires, c'était de la vulgaire documentation d'archiviste. Les seuls détails réellement indispensables à déterminer dans l'immédiat pouvaient tous être recueillis à partir d'un seul point, en négligeant les autres ; tout se jouerait dans ce couloir de six années-lumière de longueur. Il se pencha sur le tableau de commande, replongea l'hypernef dans le continuum et, sur les écrans, les constellations s'éteignirent d'un seul coup comme soufflées par un ouragan cosmique.

— Où allons-nous maintenant ? interrogea Lyaaré.

— Nous mettre en orbite autour de la base repérée, cela va de soi. Le fait que ses para-émetteurs soient déjà en activité nous a appris que la progression de ton adversaire est en avance sur celle de Nemesh, mais nous ignorons encore de combien. Cela peut être de quelques semaines et dans ce cas cela n'a guère d'importance mais il peut tout aussi bien s'agir de beaucoup plus.

— Tu veux dire que de toute façon une fusée de vélocité subluminique est déjà partie pour la dernière étape ? Il me semble alors que le plus urgent pour nous devrait être de la chercher, de l'intercepter et de la détruire avant qu'elle n'ait atteint l'une de ces trois planètes dont la possession sera capitale pour la future suprématie. En agissant ainsi notre retard serait annulé et les chances passeraient de notre côté.

— En théorie tu as tout à fait raison, malheureusement c'est une tactique à condamner d'avance. Il y a beaucoup de choses que mes appareils peuvent détecter de très loin et même à partir de l'univers extérieur dans lequel nous nous trouvons en ce moment, mais une infime parcelle de métal errant dans l'espace normal, c'est une gageure irréalisable. Te rends-tu compte que cette fusée qui doit tout au plus mesurer une soixantaine de mètres et peser quelque chose comme trois mille pauvres petites tonnes alors qu'elle se déplace sur une parabole totalement inconnue dont l'axe et le rayon de base mesurent des centaines de centaines de milliards de fois plus ? Si je veux la trouver, il faut d'abord que je sache quand elle est partie et que je connaisse ses coordonnées exactes de mouvement. Ce sont ces chiffres que je vais me procurer et, en attendant, je crois que c'est l'heure de déjeuner ou de dîner, je ne sais plus...

Le temps relatif du trajet s'écoula vite, ramenant Alan et sa compagne dans le poste central. Après la classique routine des manœuvres d'approche, l'Envoyé put isoler sans difficulté la planète terramorphe qu'il attendait et entamer les spirales d'examen. A première vue, ce monde était nettement moins propice à une éventuelle colonisation que celui où les Primordiaux avaient provoqué la convergence avec Doniya et Ucsok ; la zone végétale tempérée était réduite à la ceinture équatoriale et la majeure partie de l'eau immobilisée dans les vastes calottes polaires, les meilleures conditions climatiques qu'elle pouvait offrir devaient guère dépasser celles d'une Sibérie. Sa valeur se résumait donc uniquement à celle d'une plate-forme logistique et ceux qui s'y étaient installés n'étaient pas là pour faire du tourisme. Cette restriction des surfaces possibles s'ajoutait aux enregistrements des détecteurs pour faciliter la recherche, quelques dizaines de minutes suffirent pour localiser l'implantation kegyetlienne et immobiliser le *Blastula* à une trentaine de kilomètres à la verticale. L'image télescopique se dessina avec une parfaite netteté sur l'écran. Le grand terrain ovale d'un astroport avec ses pylônes et ses paraboles de guidage et, à l'une des pointes, quatre bâtiments de médiocre importance. C'était tout. Immédiatement au-delà du béton, la forêt rabougrie et la toundra marécageuse reprenaient leurs droits.

— Ne t'es-tu pas un peu trop approché ? s'inquiéta la walla. Ils vont découvrir notre présence !

— Aucune crainte à avoir, jeune femme. Notre

coque est entourée d'un champ de diffraction qui nous rend totalement invisible aux radars et aux télescopes optiques. Rien ne peut leur permettre de nous déceler. En revanche, nous, nous pouvons les observer tranquillement et, pour commencer, constater que le développement de leur plan est en plein essor. Il y a une bonne demi-douzaine de vaisseaux en stationnement sur l'aire. J'imagine, à leur aspect général, que ce sont des unités appartenant à une escadre de combat ; le regroupement des forces d'assaut a débuté. D'autre part, on n'aperçoit aucune fusée.

— Elle est donc bien déjà partie... Tu vas neutraliser cette base ?

— Tu es vraiment sanguinaire... Pourquoi liquider tout ce matériel et son personnel ? Ils ne présentent pour le moment aucun danger pour ton empire puisque non seulement ils sont encore chez eux mais ils ne peuvent pas aller plus loin tant que le nouvel émetteur quadrique ne sera pas installé sur le front lui-même. Le seul véritable agresseur, aux yeux de la Loi Galactique, c'est le porteur de cette installation qui permettra à la vague d'assaut de se lancer. De surcroît, si je détruisais cette base, à l'intérieur du territoire kegyetlien, je commettrais un acte d'hostilité équivalent à une déclaration de guerre, j'agirais précisément comme le voulait ton cousin avant qu'il ne devienne plus raisonnable ; c'est nous qui serions les agresseurs et nous n'aurions plus le bon droit de notre côté. Non, je te l'ai déjà répété, je me borne actuellement à chercher le renseignement.

— Comment ? Tu n'as même pas voulu apprendre la langue de l'ennemi ! Tu pourrais capter leurs échanges de messages et en tirer des informations utiles...

— Je ne sais plus combien d'idiomes j'ai déjà dû assimiler au cours de mon existence, les dimensions de mon crâne ne sont pas infinies et je ne vais pas l'encombrer plus qu'il n'est nécessaire. Il est beaucoup plus simple que j'aille chercher là-dessous quelqu'un de compétent, l'équipement dont je dispose fera le reste.

— Chercher quelqu'un ? Nous allons descendre en plein milieu de leur astroport ?

— Pas « nous ». Le *Blastula* restera ici et toi avec. Il y a dans mes soutes un petit véhicule autonome qui est prévu pour faire la navette entre le vaisseau et le sol et qui est doté d'un revêtement mimétique le rendant invisible sauf à très courte distance. J'atterrirai au-delà des bâtiments et j'irai choisir mon bonhomme. Ce sera une simple promenade. Je ne te recommande pas de ne toucher à rien pendant mon absence, les claviers n'obéissent qu'à moi, sauf celui du bar si tu as envie de boire un verre à ma santé.

— Je ne suis absolument pas d'accord, Alan, je ne veux pas que tu descendes tout seul ! Tu irais affronter des dangers incalculables pendant que je

me prélasserai tranquillement dans un fauteuil ?
Là où tu vas, je vais aussi !

Le Terrien eut un étrange sourire puis, en signe
d'acceptation, se dirigea vers l'appartement.

— Si tu y tiens vraiment... mais au moins, fais
comme moi, habille-toi ; il n'est pas convenable de
se présenter tout nu chez des gens qu'on ne
connaît pas.

A nouveau moulée dans sa belle robe, Lyaaré
suivit l'Envoyé le long de la coursive, prit place à
côté de lui dans la bulle translucide. Le module
quitta son logement, plongea obliquement, effec-
tuant à une allure vertigineuse un long détour
pour revenir sur l'objectif en rasant le sol. Vue
maintenant à l'horizontale, la base kegyetlienne
apparaissait comme occupant entièrement une
légère éminence rocheuse et plate qui dominait
d'une vingtaine de mètres les marécages environnants. L'arrière des bâtiments qui grandissait à
vue d'œil était à peu près nu et ne présentait que
quelques rares ouvertures ; toute l'activité était
visiblement concentrée de l'autre côté, vers le
terrain. Cette disposition se révélait favorable à
une approche en rase-mottes, certainement
aucune sentinelle ne pouvait être postée au pied
de ces murs qui faisaient face à un désert inhabité.
Alan posa le module à quelques dizaines de mètres
seulement, sur une petite avancée en forme de
promontoire et où le sol couvert d'une herbe rare

était sec. Il demeura une minute immobile étudiant les abords où personne ne se montrait.

— Jusque-là, ça paraît aller tout seul, murmura la jeune femme. Mais quand nous tenterons de pénétrer dans la place... Je te rappelle qu'ils ne nous ressemblent pas du tout, ils sont laids et tout rouges, nous ne pourrons pas essayer de passer pour deux des leurs.

— Le problème ne se pose pas, sourit le Terrien. Ils ne nous verront pas et toi encore moins. Excuse-moi, chérie, je te raconterai la suite plus tard...

Il ouvrit un panneau dans le tableau de bord, en tira un petit boîtier rectangulaire, exerça une légère pression en un point déterminé de la surface. Instantanément, le corps de Lyaaré mollit, son torse retomba en arrière sur le dossier du siège qui modifia complaisamment son inclinaison pour mieux la recevoir. Calme et lente sa respiration s'éleva régulièrement dans la cabine. Elle dormait profondément.

Alan mit pied à terre et, sans se retourner, marcha paisiblement vers l'angle du bâtiment le plus proche. Désormais, un étroit faisceau de radiations invisibles jailli de tout là-haut, des flancs du *Blastula*, était centré autour de lui et accompagnait chacun de ses mouvements. Dans un rayon de quelques centaines de mètres les ondes neurostatiques créaient une zone à l'intérieur de laquelle aucun être humain ne pouvait demeurer conscient ; la vie était littéralement suspendue, ramenée uniquement à ses indispensables fonctions végétatives ; toute perception, toute volonté, toute autonomie cérébrale étaient abolies. Toute mémorisation même ; on ne peut se souvenir de ce qu'on n'a jamais vu. Ainsi s'effectuait sans le moindre risque la promenade décidée par Alan qui seul demeurait en possession de ses facultés grâce aux bio-implants dont son encéphale de semi-cyborg était doté et qui évoluait au milieu d'un monde figé comme celui du château de la Belle au Bois Dormant. Il visita ainsi longuement la base, contournant des mannequins immobiles, des statues au regard vide, constatant qu'en effet, selon les standards de la Fédération terrienne ou de l'empire de Nemesh, ils n'étaient pas particulièrement attirants avec leur peau squameuse et dépourvue de tout système pileux. Le fait que leurs oreilles soient privées de pavillons externes, leurs narines remplacées par une triple fente, leurs yeux dotés d'une troisième paupière nictitante et que de surcroît ils soient hexadactyles n'arrangeait rien, mais Alan n'était pas venu pour établir des comparaisons avec les canons de l'art grec. Les liens entre le mental et le physique ne pouvaient être déduits a priori des caractères externes de l'anatomie, tout ce que l'Envoyé pouvait en dire se résumait à les supposer essentiellement carnivores, l'exceptionnelle dimension de leurs canines pointues en témoignait. Mais il ne faisait ces observations que par pure routine — si les Primordiaux avaient voulu qu'il rencontre les autres et non ceux-là, il se devait donc de ne s'intéresser en profondeur qu'à la race de Nemesh. Et aussi à celle de Sarand, naturellement...

Il traversa les quatre bâtiments les uns après les autres, dénombrant approximativement une population de l'ordre de cinq cents personnes en grande majorité du sexe masculin et déterminant en même temps la destination de chaque local. Deux étaient réservés à l'habitation avec dortoirs, mess, chambres privées et autres aménagements. Le troisième était la centrale fournissant l'énergie électrique : un grand générateur à fusion d'hydrogène. Enfin, le poste de commande lui-même avec ses équipements de liaisons, de transmissions, de guidage, son annexe de matériel de rechange, son dépôt d'armement. Ce fut dans la grande salle du second étage, au milieu du cercle imposant des tableaux compliqués, des écrans radars, des armoires électroniques qu'il trouva enfin ce qu'il cherchait. Recroquevillé dans son fauteuil devant les manettes d'une console dressée au milieu même de l'espace demeuré libre et constituant visiblement le cœur même de l'installation, il y avait un Kegyetlien dont le costume portait une telle surabondance de barrettes métalliques et de plaques émaillées qu'il ne pouvait être que le chef de la base en personne ou en tout cas le plus haut technicien. L'Envoyé s'était muni d'une ceinture antigrav portative, il la fixa autour de la taille de l'homme endormi, le souleva sans effort, le mit sur son épaule. Après quoi il retraça ses pas jusqu'au module, posa sa capture sur le siège arrière, décolla. Une dernière manœuvre du boîtier de télécommande maintenait désormais le faisceau d'inconscience derrière lui — le temps avait cessé de compter.

En réintégrant la soute de l'hypernef, il commença par transporter Lyaaré jusque dans la cabine où il l'étendit doucement sur le lit puis revint chercher son gibier pour s'enfermer avec lui dans la section laboratoire. Suivant son programme, il s'abstint de mettre en œuvre le double cycle d'imprégnation linguistique, il n'avait pas l'intention de bavarder avec lui ni même de faire jamais sa connaissance, un seul bandeau fut relié à l'ordinateur sémantique. C'était à la machine de fouiller ce crâne, d'en dérouler et d'interpréter l'acquit mémoriel et sans même l'enregistrer. Elle était réglée pour extraire uniquement les deux facteurs dont Alan avait besoin. D'abord celui de l'attitude mentale sur le plan du comportement collectif : la confirmation que l'empire ne se contenterait pas d'effectuer de simples manœuvres de frontières mais avait réellement des visées agressives et cherchait à s'assurer la domination par le chemin de l'invasion. Cette confirmation visait à satisfaire sa conscience morale ; ce qui comptait surtout maintenant, c'était le plan de marche de la fusée et ses coordonnées de trajectoire. Le sujet avait été bien choisi, il connaissait tous les chiffres que l'Envoyé s'empressa de noter soigneusement après une légère grimace, la progression de Kegyetl était considérablement plus grande qu'il ne l'avait escomptée. Satisfait du résultat, il allait déboucler le bandeau lorsqu'une arrière-pensée traversa son esprit. Il se tourna vers son équipement d'analyse biologique, effectua une série de déterminations complétées par quelques microprélèvements. Hochant la tête, il demeura songeur pendant une longue minute puis, rebouclant l'antigrav, il ramena son cobaye dans le module, reprit place aux commandes de l'appareil. La dernière partie de l'opération fut beaucoup plus rapide que la première. Il se posa franchement devant la porte d'accès au bâtiment central, replaça le corps devant son pupitre, fit allègrement demi-tour.

Il réintégra l'habitacle du *Blastula,* se pencha sur sa passagère, entreprit de la réveiller sans brusquerie. Après l'obligatoire période d'incompréhension suivit celle des amers reproches : il s'était méchamment débarrassé d'elle, il l'avait trahie !

— Je ne pouvais faire autrement, chérie. Tu avais absolument voulu venir et les précautions que j'étais amené à prendre devaient fatalement se retourner contre toi. J'ai employé une arme purement passive : un faisceau de radiations qui endort tous ceux qui se trouvent dans son champ, la base entière a été plongée dans le sommeil et toi aussi, car le rayon ne fait pas de différence entre amis et ennemis, il ne respecte que moi. J'ai donc pu pénétrer tout tranquillement comme dans un musée de statues de cire, trouver le responsable n° 1 de la base, le ramener ici pour le soumettre à une lecture de cerveau, le reporter là-bas. En ce moment, il vient de se réveiller ainsi que tout son entourage mais aucun d'eux ne comprendra ce qui a pu se passer, car ils ont été totalement inconscients pendant tout ce temps, ce ne sera qu'en consultant leurs chronomètres qu'ils s'étonneront sans doute de cet incompréhensible sommeil de près de trois heures auquel ils ont cédé avec un si curieux ensemble, mais ils n'en trouveront jamais l'explication.

— Tu sais donc où se trouve la fusée ?

— Oui, et il était grand temps que nous l'apprenions. Il y a plus de trois ans qu'elle a décollé et elle ne doit plus être très loin. Ne t'inquiète pas, nous sommes déjà en route et nous la rejoindrons dans quelques heures. Pour l'instant et si tu le veux bien, fais-moi une petite place auprès de toi, je vais essayer de me faire pardonner...

CHAPITRE VIII

Lorsque Alan, momentanément devenu espion galactique, avait « forcé » comme un vulgaire coffre-fort un crâne kegyetlien pour dérober les informations dont il avait besoin, il avait mentalement sursauté en découvrant que la progression de l'ennemi de Nemesh était beaucoup plus avancée qu'il n'avait pu le croire. La fusée porteuse de l'émetteur quadrique qui allait ouvrir la route paradimensionnelle aux escadres d'assaut était sur le point d'atteindre son but. Trois années donc de supériorité dans les mouvements, c'était la distance moyenne d'un saut en avant et par conséquent un avantage énorme, celui de la première pénétration dans l'espace adverse. A partir de là, l'invasion serait pratiquement impossible à arrêter. Toutefois, à la réfléxion, il cessa de s'étonner, il était tellement logique de penser que les Primordiaux avaient fait choix — ou peut-être avaient déterminé volontairement — le concours de circonstances optimum pour faire intervenir l'Envoyé dans le jeu. Tout comme la convergence Alan/Doniya avait été prévue en fonction de l'arrivée du troisième facteur représenté par Ucsok, la nouvelle intersection qui allait se produire maintenant s'emplaçait dans la même période temporelle et le même secteur relativement restreint de l'espace. Tout devait s'enchaîner sans battements inutiles. Il pouvait paraître curieux que des entités situées hors du temps se soient souciées d'en tenir compte à ce point, mais puisque les pions de l'échiquier y étaient soumis, elles avaient respecté la règle, une règle qui après tout n'était peut-être qu'une vaste illusion — pour elles, la partie en cours s'était terminée quand elle avait commencé. En tout cas, ce complément des convergences facilitait la tâche du Terrien en lui offrant une situation nette et précise où tous les éléments venaient s'emboîter simultanément. Il pouvait donc concevoir un plan d'action et le mettre à exécution sans délai avec l'espoir du maximum d'efficacité. Pendant que les grandes lignes de ce plan s'échafaudaient dans son esprit, il réalisait aussi que l'intuition qui l'avait poussé à ne pas emmener avec lui Doniya et Ucsok se justifiait ; ce qui allait inévitablement se passer dans le proche avenir aurait profondément déplu à ce couple de pacifistes.

Quand, en fonction des coordonnées recueillies quelques jours plus tôt, le *Blastula* émergea dans l'espace einsteinien, les enregistrements qui se succédèrent sur le tableau de bord confirmèrent rapidement les prédictions du Terrien. Une étoile jaune étincelait dans le ciel, celle des trois précédemment repérées qui se trouvait la plus proche de l'axe opérationnel. La distance était encore assez grande, quatre heures-lumière environ, mais pour les télescopes et les analyseurs, l'écart était insignifiant ; le cortège planétaire prévu était bien là et, ce qui était le plus important, l'un de ses membres présentait les caractères terramorphiques voulus : les Kegyetliens ne s'étaient pas trompés en choisissant ce système pour y établir leur base d'assaut. Quant à leur fusée, elle était bien là elle aussi, installée sur sa parabole de décélération avec une précision rigoureuse faisant honneur aux mathématiciens qui avaient calculé sa trajectoire. Elle n'avait pas dévié, c'est à peine si elle se trouvait légèrement en avance sur son graphique de marche. Le spot brillait sur l'écran du lidar à quelques centimètres du centre.

— Voilà le véhicule cherché, fit Alan en désignant du doigt la tache rougeâtre. Le rendez-vous calculé par notre maître ordinateur est impeccable : quinze cents kilomètres sur trois années-lumière...

— Si près ! Tu ne crains pas qu'ils ne détectent notre apparition ? Il est vrai que même s'ils ouvraient le feu sur toi, tu détruirais leurs torpilles comme tu l'as fait pour celles de mon cousin...

— Lors de la rencontre que tu évoques, j'avais

coupé mes champs d'antidétection pour provoquer la réaction et faciliter ensuite la prise de contact ; ici, je sais à quoi m'en tenir. J'ai réactivé ces champs et ils ne peuvent savoir que je suis là.

— Tu es donc sûr de tirer le premier, ils seront volatilisés avant d'avoir réalisé ce qui leur arrivait.

— A quoi bon supprimer ceux-là ? Ils ne sont que les précurseurs d'une invasion, non les envahisseurs eux-mêmes. Je leur laisserai une chance de survie. Tu sais que je puis modifier à distance l'inertie d'un mobile, je l'avais fait pour freiner la fusée d'Ucsok alors que sa vélocité résiduelle était trop grande pour un bon atterrissage, je vais maintenant procéder de la façon inverse et redonner à celle-ci un bon coup d'accélérateur. Elle passera en troisième vitesse cosmique avant d'avoir pu atteindre le puits de gravitation de la planète, elle manquera son but et sera obligée de continuer dans l'espace. Peut-être, si ses réserves d'énergie sont suffisantes et si son équipage supporte la prolongation du voyage, elle réussira à trouver un autre terrain d'atterrissage ou bien à revenir à sa base, mais comme cela ne se produira que dans quelques années, tout sera fini ici depuis longtemps. Même les messages et les appels au secours qu'elle ne peut envoyer que par simple radio seront captés beaucoup trop tard. Le guidage paradimensionnel qui sera installé ici sera nemeshien et non kegyetlien.

Le faisceau de rayons pulseurs ne fut exercé

que pendant une vingtaine de minutes et sans la moindre brutalité, il n'en fallait pas plus pour que l'engin quitte ses rails invisibles et s'engage définitivement sur la voie où tout retour en arrière était interdit. Alan regarda décroître le spot sur l'écran, coupa le projecteur.

— L'équilibre des forces est rétabli, sourit-il.

— Et il va passer à notre avantage puisque c'est nous qui allons atterrir là-bas, n'est-ce pas ?

— Là-bas ou ailleurs... De nouveau plus rien ne nous presse puisque nous avons gagné la première bataille, celle du temps.

Bien que Lyaaré le harcelât de questions au sujet de ses futures intentions, Alan se refusa fermement à satisfaire sa curiosité, se contentant de répondre qu'il avait besoin de mûrir son plan. Du reste, d'après les chronomètres de bord mesurant le temps-vaisseau, l'heure du dîner était revenue, celle du repos arbitrairement qualifiée de nocturne se devait de suivre. Quand le couple se retrouva dans la cabine, les épanchements furent beaucoup plus brefs qu'à l'accoutumée, un sommeil irrésistible ne tarda pas à clore les paupières de la walla qui ne se douta jamais que son partenaire avait traîtreusement fait appel pour la seconde fois à l'hypnose artificielle. Il avait besoin d'être seul pendant les heures qui allaient s'écouler.

Repassant dans le poste central, il imprima à

l'hypernef une fantastique accélération de plusieurs centaines de G en direction de la planète sur
laquelle la fusée avait espéré se poser. Lorsqu'il
eut traversé la magnétosphère, il inversa la propulsion, passa en orbite distale, demeura sur ce
palier ; si les suppositions, les déductions plutôt,
qu'il avait formulées étaient exactes, le moment
n'était pas encore venu d'atterrir, il voulait seulement les vérifier. Il régla les télescopes au grossissement maximum, regarda les images défiler sur
les écrans. Il ne fallut pas longtemps pour établir
une conviction définitive : le monde qu'il survolait était celui de Sarand. L'Envoyé réussit même
à localiser et identifier une ville, un palais, un
grand parc, un vieux temple, tout était conforme
aux descriptions de Doniya. La volonté des
Primordiaux devenait de plus en plus claire : le
transfert de la douce princesse au point de convergence, distant seulement de trois années-lumière
— cette unité d'espace qui semblait se répéter
d'un bout à l'autre de l'aventure — se justifiait
aussi. La planète de paix, le monde qui attendait
l'accomplissement d'une prophétie devait être
épargné, le rôle du Terrien était d'empêcher la
menaçante conflagration de l'atteindre ou, mieux
encore, de faire en sorte que cette conflagration
n'éclate pas.

Cette conclusion en tout point évidente obtenue, le Terrien passa sans attendre davantage à la
seconde phase de son plan. D'abord un examen de

contrôle des deux autres étoiles jaunes situées sur la ligne de démarcation. Le recoupement avec les observations antérieures confirma la présence de satellites planétaires pour chacune. Alan fit choix de celle qui se trouvait la plus éloignée, quatre années-lumière pour une fois, il replongea dans l'hyperespace, consacra le temps du déplacement à prendre un repos bien mérité — Lyaaré, elle, continuait à demeurer inconsciente de ce qui se passait. Les premières images provoquèrent chez le Terrien un soupir de soulagement, celles qui s'enchaînèrent au fur et à mesure de la rapide approche ne firent qu'accroître sa satisfaction. Une très habitable planète assez semblable à celle où s'était réveillée Doniya et, comme là-bas, tous les enregistreurs et les senseurs demeuraient muets : ce monde était désert. Laissant le *Blastula* flotter lentement dans l'espace, Alan regagna le lit, coupa le champ neurostatique, se rendormit et cette fois ne se réveilla que lorsque Lyaaré enfin libérée du sommeil fit ce qu'il fallait pour le rappeler à de très palpables réalités.

— On dit que la nuit porte conseil, émit plus tard la jeune femme. As-tu pris une décision ?

— L'adage s'est vérifié, mon programme s'est dressé de lui-même. Nous allons tout simplement descendre sur cette planète et y accomplir la mission dont la fusée kegyetlienne était chargée. Elle devrait être en train d'y atterrir en ce moment, nous l'avons mise dans l'impossibilité de le faire, la remplacer est le moindre de nos devoirs.

— Je crois comprendre, chéri, que tu veux leur tendre un piège. Mais tu ne connais pas leurs fréquences de guidage ? Ils ont dû les rendre à la fois très complexes et très différentes des nôtres, comme nous l'avons fait nous-mêmes depuis le jour où l'un de leurs vaisseaux est entré dans notre réseau.

— Aucune importance. Le rapide coup d'œil que j'ai jeté sur l'intallation de leur dernière base m'a suffi pour me rendre compte que leur technologie est vraiment au même stade que celle de Nemesh, donc au simple déplacement paradimensionnel et non à l'immersion totale dans un autre continuum — d'ailleurs si c'était le cas, ils auraient déjà achevé leur conquête, mais dans les conditions actuelles, le nombre des paramètres et des variables est limité ; il ne faudra pas longtemps à mes détecteurs pour enregistrer des séquences significatives que l'ordinateur décryptera et me permettra de reproduire avec une précision absolue. Qui peut le plus peut le moins, pas vrai ?

— Tu pourras donc à ton tour émettre un faisceau identique à celui que l'équipage de la fusée aurait émis à partir de cette planète ? Le tuning sera long ?

— Quelques heures tout au plus, en principe. Toutefois je le prolongerai pendant plusieurs jours pour être bien sûr d'avoir déterminé toutes les composantes. Ce délai est également nécessaire à un autre titre et tu devrais le deviner.

— Je ne suis pas aussi intelligente que toi, mais quand même... Tu dois attendre un peu parce que si leur fusée avait atteint son but, il aurait fallu qu'elle débarque le matériel, que le personnel procède au montage et ça n'aurait pu se faire à la minute. Il faut rester en accord avec leur propre planning, sinon ils pourraient se poser des questions.

— Conclusion, on va s'offrir une semaine de vacances sur un monde vierge. C'est une promotion de caste que je t'offre là. Chez toi, tu n'étais qu'une princesse, ici tu seras reine sans contestation. Sans sujets non plus, soi-dit en passant, ou plutôt tu devras te contenter de moi tout seul en guise de peuple, tes problèmes de gouvernement ne seront pas trop compliqués.

— Tu me promets que tu ne fomenteras pas une révolution pour prendre ma place ?...

Au cours des spirales décrites en hâte, le monde frontière qu'Alan s'était donné pour objectif se révéla entièrement conforme à ce qu'il avait déjà déterminé au cours de la nuit précédente. Il était parfaitement terramorphe et non moins parfaitement inhabité. Dans son ensemble, il ne différait guère de celui de la première rencontre ; ainsi qu'il est de règle, la similitude des conditions d'éclairement, de température, de gravité, comme de composition physico-chimique entraînait la similitude parallèle de la biosphère. Il y avait des terres, de l'eau, des océans et des continents, des montagnes et des plaines, une végétation chloro-phyllienne. Ainsi que les navigateurs purent le constater d'abord par des survols à basse altitude, ensuite à l'entour du lieu d'atterrissage, la vie animale s'y était développée sous toutes ses formes classiques. Des insectes jusqu'aux grands mammifères, en passant par des reptiles et les oiseaux et sans oublier les innombrables habitants du milieu liquide. Plantes et animaux présentaient des formes variées dont certaines apparaissaient comme nettement spécifiques au milieu mais rien n'était particulièrement étrange ou tératologique, seulement exotique. La planète pouvait sans hési-tation être classée comme colonisable.

— En conformité avec la Loi Galactique, déclara Alan, et en tant que découvreur de cette terre, je la baptise Lyaaré et je l'inscris sous ce nom dans le Répertoire. En outre, puisque aucune race intelligente ne s'y est développée, j'ai le droit d'en prendre possession. Acte que je vais matérialiser en descendant la rampe et en posant le premier le pied sur son sol. Ceci fait et dûment établi, je te l'offre. Je n'avais pas encore eu l'occasion de te faire de cadeau, en voici un qui devrait te satisfaire. Un bijou de mille milliards de kilomètres cubes, il n'y a sûrement pas beaucoup d'amants qui puissent offrir le pareil à leur maîtresse...

— Je ne le rangerai pas dans une vitrine. Tu me le donnes vraiment ?

— Comment faire autrement puisqu'il porte déjà ton nom ?

— Alors, à mon tour, je l'offre à l'empire ; ce sera sa plus belle colonie. Mais il faut d'abord que personne ne vienne disputer nos droits.

— Tout au contraire, chérie, il faut qu'ils viennent.

Six fois vingt-quatre heures s'écoulèrent de la façon la plus agréable possible. Le point d'atterrissage choisi par le Terrien se trouvait au bord d'un lac aux eaux claires et tièdes alimenté par plusieurs cascades, dominé au nord par une chaîne de montagnes et largement ouvert au sud, en direction d'une vaste plaine boisée. Le site était magnifique et sa totale solitude ramenait les voyageurs aux aurores de la Création — une fois de plus l'histoire du Paradis Terrestre recommençait. Alan avait déjà connu cette même impression avec Doniya, mais alors elle avait été incomplète puisque le fruit de l'Arbre n'avait pu être cueilli. Il n'en était plus de même maintenant, le Serpent n'avait pas eu besoin de jouer son rôle.

— Qu'est-ce que c'est que cette histoire de reptile ? s'étonna Lyaaré.

— Une vieille légende terrienne atrocement

déformée par les scribes. Au tout début de l'humanité, il y avait un seul couple qui se dorait tranquillement au soleil, tout nu, comme nous le faisons. Ils étaient très beaux, mais en même temps très bêtes ; ils ne s'étaient jamais aperçus qu'il y avait entre eux certaine différence anatomique et que cette différence pouvait apporter un grand agrément à l'existence. Alors le Serpent arriva et leur fit un petit cours d'éducation sexuelle qui leur ouvrit les yeux et le reste ; ils passèrent aussitôt aux travaux pratiques avec une louable ardeur. Seulement il y avait quelque part un dieu qui, en voyant ces joyeux ébats, entra dans une violente colère. La volupté est une chose divine, en la découvrant les humains devenaient ses égaux, ce qui était hautement inadmissible. D'autant plus inadmissible du reste que ce dieu, ayant inventé la religion monothéiste, était tout seul. Il n'avait pas de déesse avec qui il puisse aussi faire l'amour, ainsi sa fureur se doublait d'un sentiment de frustration.

— Tu appelles ça un dieu ? C'était un paranoïaque et un obsédé !

— Évidemment. Mais comme il était le propriétaire du jardin, il chassa le pauvre couple et le condamna aux travaux forcés. Le Serpent en fut tellement vexé qu'il en est devenu venimeux. Mais ne t'inquiète pas, l'histoire ne se répétera pas ici, il n'y a pas de méchant schizophrène dans les environs.

— Et s'il y en avait un, tu le tuerais, n'est-ce pas ?

— Avec la plus grande facilité. Je te confie un secret que seuls connaissent les initiés : ce n'est pas Dieu qui a créé l'homme, c'est l'homme qui a créé Dieu. Rien ne peut donc l'empêcher de le supprimer quand il commence à se mêler de ce qui ne le regarde pas...

Pendant que Lyaaré et Alan ne se privaient pas de croquer la biblique pomme, les capteurs et les ordinateurs du *Blastula* travaillaient assidûment à l'analyse des déplacements paradimensionnels kegyetliens. Quand le délai raisonnable d'attente fut écoulé, l'Envoyé collationna les chiffres obtenus, régla en conséquence ses propres émetteurs de champ quadrique, les activa.

— Voilà qui est fait, annonça-t-il avec satisfaction. Les voyants vont s'allumer sur les tableaux de contrôle, la route est ouverte conformément à leur programme. Il ne leur reste plus qu'à en profiter.

— Dans combien de temps ?

— Je n'en sais rien, mais ils n'ont sûrement pas l'intention de traîner. Chaque heure compte pour eux, car ils ne savent pas qu'ils avaient en réalité une grosse avance sur Nemesh, ils doivent agir comme si la fusée adverse était elle aussi sur le point d'atterrir. Sois tranquille, ils ne tarderont pas.

Les déductions d'Alan se révélèrent justes. Le guidage avait été établi à neuf heures du matin et sept heures plus tard seulement le signal d'alerte des lidars retentissait. Les deux voyageurs étaient demeurés prudemment à proximité du vaisseau. Ils se précipitèrent, gagnèrent le poste central. Sur l'écran, trois spots s'étaient déjà matérialisés, quatre autres apparurent en succession à la minute suivante.

— Une jolie formation bien groupée, commenta l'Envoyé. Ils ont de bons pilotes. Sept, c'est exactement le chiffre des croiseurs qui étaient en attente sur le terrain de la base, nous avons donc bien affaire à l'escadre d'assaut et elle est au complet. C'est parfait ainsi, tout sera réglé en une seule fois.

— A quelle distance sont-ils ?

— Ils ont dû quitter l'interface pour entrer dans l'espace réel à dix rayons planétaires, soit environ soixante mille kilomètres et ils marchent maintenant à pleins réacteurs. Dans une dizaine de minutes ils seront à mi-parcours et si leurs principes tactiques sont les mêmes que dans toutes les flottes de la Galaxie, ils se déploieront en ligne de file pour amorcer la première orbite. Ce sera le bon moment.

La manœuvre des agresseurs s'effectua comme Alan l'avait prédit et bientôt les spots vinrent se disposer horizontalement en travers de l'écran. Le visage brusquemment fermé, le Terrien poussa un soupir.

— Oui, vraiment, murmura-t-il, il vaut mieux que Doniya et Ucsok ne soient pas ici et je donnerai beaucoup pour ne pas y être moi-même... Que le Walhala accueille ceux qui vont mourir...

Ses mains se posèrent sur le clavier du poste de combat, les touches s'enfoncèrent les unes après les autres. Rien de spectaculaire ne se produisit ; ni flamme ni déflagration, tout demeurait silencieux et comme irréel. Sous les yeux de Lyaaré penchée vers l'image, la première tache sembla se dilater pendant une seconde et s'éteignit. Puis la deuxième, la troisième et ainsi de suite. Rien d'autre. Une brève intensification de clarté suivie d'une totale extinction. Là-haut, dans le vide de l'espace, ces séquences correspondaient à autant d'éblouissantes désintégrations, de lourdes coques de métal se transformaient en nuages de plasma avec toutes leurs machines, leurs armements, leurs équipages, mais aucun écho de ces anéantissements ne parvenait jusqu'au sol de la planète.

— Quelle fantastique puissance est la tienne, murmura la jeune femme d'une voix empreinte de terreur. Mais tu ne les as pas tous détruits, il en reste un ! Il n'était pas à bonne portée ?

— Il aurait été dix fois plus loin que je ne l'aurais pas manqué, si j'avais voulu l'inclure dans l'hécatombe. Je l'ai épargné volontairement.

Regarde, il s'éloigne déjà vers la droite. Il s'enfuit. Dans très peu de temps il pourra repasser en déplacement paradimensionnel. Il sera définitivement hors d'atteinte.

— Pourquoi ?... Ah si, je sais. Tu veux qu'il y en ait un qui puisse retourner à sa base ?

— Évidemment. Sans cela, leur grand État-Major ne comprendrait pas ce qui s'est passé, il chercherait à envoyer une nouvelle escadre. Il ne le pourrait pas d'ailleurs puisque j'aurai coupé le faisceau de guidage, mais il faut qu'il sache, qu'il comprenne que la frontière est déjà occupée par Nemesh et que celui-ci dispose d'armes d'une telle supériorité que toute tentative d'attaque équivaudrait à un suicide. Pas de simples missiles thermonucléaires, le rayon désintégrateur. Toi et moi savons que ce n'est pas vrai puisque cette arme est la mienne et que je ne la donnerai jamais à personne, mais il suffit qu'ils croient qu'elle a été réalisée par les savants de ton empire. Ils abandonneront tout désir d'invasion, la guerre n'aura pas lieu...

Alan était en effet en droit d'affirmer que, par cette unique intervention opérationnelle, il avait rendu tout conflit sinon définitivement impossible, du moins considérablement retardé dans le futur ; les Kegyetliens avaient durement appris que la ligne stratégique de la frontière était aux mains de l'adversaire et de surcroît formidablement défendue. Ils avaient perdu à la fois l'avantage du terrain et celui de la surprise. De plus, leur moral allait être profondément atteint par la pénible constatation que leur armement était drastiquement inférieur à celui de l'empire de Nemesh, ils se hâteraient d'abandonner tout projet d'offensive pour consacrer leurs efforts à la défense de leur territoire en tremblant chaque jour de voir apparaître dans le ciel de leurs planètes les redoutables vaisseaux désintégrateurs. D'autre part, si un jour lointain les efforts de leurs équipes scientifiques réussissaient à percer le secret des faisceaux d'énergie pure, ils ne se hasarderaient plus à forcer le passage le long de l'axe et devraient se rabattre sur des plans de contournement, Sarand était sauvée. Il ne faut pas oublier que c'était précisément sur le monde de Doniya que la fusée d'avant-garde se préparait à atterrir, l'escadre qui la suivait ignorait que l'émission de guidage était partie d'ailleurs. Lyaaré elle-même ne savait pas que pendant son sommeil, Alan était passé d'un soleil à un autre — ce décalage angulairement insignifiant avait suffi pour que Sarand cesse d'être exposée directement au choc éventuel des armées spatiales.

Cependant l'Envoyé ne s'estimait pas entièrement satisfait, trop de questions sans réponse continuaient à agiter son esprit. Cette théorie qu'il avait échafaudée pour comprendre ce que les Primordiaux attendaient de lui — empêcher le déclenchement d'une guerre galactique et par cette action sauver une civilisation particulière — lui apparaissait maintenant non pas erronée mais tout au moins incomplète. Certes, il semblait a priori que Sarand offrait un caractère exceptionnel ; parmi toutes les races galactiques connues, aucune ne présentait à un tel degré cet aspect d'évolution intégralement basé sur la non-violence, le refus du meurtre et le pacifisme absolu. Celle-ci pouvait être le germe en puissance d'une infinité de mondes meilleurs, et dans ce cas, l'œuvre voulue était virtuellement terminée pour le temps actuel. Mais il y avait d'autres facteurs en jeu dans cette prophétie évoquée par Doniya et qui devaient avoir une signification se rapportant d'une façon ou d'une autre au contexte de l'aventure. Cette prédiction, tout comme le rêve de la jeune princesse, émanait sans nul doute des Primordiaux, elle coïncidait trop exactement avec les événements en cours pour qu'il en soit autrement. Il fallait donc qu'Alan en tienne compte, du reste son devoir était de ramener Doniya chez elle puisque les mystérieuses Entités se refusaient à opérer elles-mêmes le transfert inverse. Mais pourquoi était-il annoncé qu'il épouserait la reine de Sarand et ses deux sœurs par la même occasion ? Une façon de récompenser sa bonne volonté en lui offrant une couche bien garnie pour le classique repos du guerrier ? C'était très séduisant, toutefois le Terrien n'avait vraiment pas besoin de la bénédiction des Maîtres du Cosmos pour enrichir ses souvenirs de voyages en compagnie de belles amoureuses ; Nemesh lui avait déjà donné Lyaaré qui, elle, n'avait pas été prévue par les prophètes.

Et puis il y avait d'autres détails qui prenaient corps. Ce curieux tabou qui l'avait obligé à respecter Doniya alors que celle-ci n'était nullement une vestale et ne se préoccupait guère de sa virginité — elle n'avait pas hésité à répondre aux avances d'Ucsok et à se comporter dans ses bras non en victime mais en voluptueuse initiatrice. L'interdit visait donc uniquement Alan. En tout cas, en ce qui concernait le prince nemeshien, sa nouvelle liaison l'avait étonnamment transformé. A l'image de sa belle, le loup était devenu mouton, le carnivore végétarien, le guerrier un partisan de la non-violence. Les miracles de l'amour sont infinis... L'Envoyé soupesa longuement les nouvelles hypothèses qui s'étaient peu à peu formulées dans son cerveau, les assembla et, soudain, se raidit en lâchant une exclamation étouffée. Enfin il avait compris. Enfin il savait pourquoi il était venu et que si tout ce qu'il avait fait jusque-là était nécessaire, ce qui restait était essentiel.

CHAPITRE IX

Le *Blastula* décolla dès le lendemain, prit le chemin de la métropole où, étant donné la différence des temps planétaires, il atterrit en début de matinée. Le même jour, sur sa demande, le conseil restreint qui avait précédé son départ se réunit à nouveau, Doniya, Lyaaré, Ucsok et lui se retrouvèrent dans le bureau d'Erevry.

Pour commencer, le Terrien retraça avec une claire concision son expédition : le relevé de la zone frontière, le repérage de la base avancée kegyetlienne, l'opération effectuée sur cette base mise pour les besoins de la cause en état d'animation suspendue et où il avait pu recueillir les informations nécessaires à l'interception in extremis de la fusée prête à ouvrir la route à l'invasion. A ce sujet, et lorsqu'il aborda la suite de son récit, il passa de nouveau sous silence le fait que la planète choisie pour objectif par l'adversaire n'était pas la même que celle où devaient ensuite se dérouler les événements ; il donna seulement les coordonnées de cette dernière, continuant ainsi à maintenir pour l'instant Sarand en dehors de la carte des opérations. Il décrivit très brièvement le piège qu'il avait monté : le faux guidage attirant l'escadre d'assaut, l'anéantissement de tous les vaisseaux sauf un lors de leur approche.

— Vos antagonistes sont désormais convaincus que Nemesh tient solidement la frontière, qu'il l'a rendue infranchissable, toute nouvelle tentative serait un suicide. Je puis donc considérer que j'ai mené à bien la mission que j'avais accepté de jouer auprès de vous, la menace qui pesait sur votre empire est écartée pour longtemps, il ne tiendra plus qu'à vous qu'elle le soit pour toujours.

— Vous avez fait pour nous infiniment plus que j'osais l'espérer ! s'exclama le prince Erevry. Je suis incapable de trouver les mots pour dire notre gratitude, mais nous saurons l'exprimer de telle façon que...

— Encore des cérémonies officielles ? coupa Alan. Surtout pas ! Du reste, tout n'est pas encore complètement terminé, j'ai fait en sorte que Kegyetl soit persuadé que l'atout stratégique majeur était entre vos mains, il va falloir que ce soit une réalité, le plus tôt possible, et pour cela, je vous donnerai encore un coup de main.

Depuis un moment, Ucsok, sourcils froncés, s'agitait sur son siège. Il leva la main.

— Un instant, fit-il. Alan, vous nous avez bien dit que vous aviez désintégré six des vaisseaux que vous aviez attirés en substituant votre émission de guidage à celle que la fusée allait activer ?

— Croyez que je n'y ai pris aucun plaisir, mais c'était le seul moyen d'atteindre le résultat cherché.

— Des unités d'assaut transportant certainement un premier contingent de débarquement. Vous avez donc tué, volatilisé plutôt, des centaines d'êtres humains, un millier peut-être, ou davantage... Je suis sûr que vous auriez pu les épargner, vous contenter par exemple d'accroître leur vélocité pour les rejeter dans l'espace comme vous l'avez fait pour la fusée.

— Vous auriez préféré les condamner à la mort lente ? Privés du faisceau paradimensionnel, ils auraient erré pendant des années ou même des décennies avant d'avoir une chance de se poser quelque part. La faim, la soif, l'asphyxie, la claustration, leur auraient valu une épouvantable agonie alors que, dans le combat inégal qui nous a opposés, ils n'ont même pas eu le temps de savoir ce qui leur arrivait. Pour la fusée, c'était différent, elle est en principe équipée pour les très longs parcours, je me devais donc de leur laisser leur chance. D'autre part, il était indispensable que ma démonstration frappe de terreur ceux qui en ont été les témoins : l'équipage du septième vaisseau. Ils auront fait leur rapport dès leur retour, l'État-Major ne pourra pas imaginer que les nefs ont été perdues à la suite d'une simple erreur de navigation, mais il saura qu'elles ont bel et bien été abattues par une arme supérieure à celles qu'ils possèdent. J'avais mûrement pesé le pour et le contre, ce n'était au fond qu'une simple question d'arithmétique : tuer mille hommes pour éviter une guerre qui aurait fait des millions de victimes. Soyez pacifiste tant que vous le voulez, mon vieux, mais pas au point de devenir stupide et aveugle à la fois.

— Vous dépassez la mesure, Ucsok ! tonna Erevry. Si vous n'avez que ce genre de critique imbécile à proférer, taisez-vous ou bien quittez cette pièce ! Docteur Alan, vous disiez que vous alliez encore nous aider. En nous ouvrant la route jusqu'à cette planète frontière, je suppose ?

— Exactement. Je vais repartir là-bas en emportant avec moi le tableau des fréquences de votre réseau de guidage paradimensionnel que vous voudrez bien me confier, ça m'évitera de recommencer les séquences d'analyse que j'ai dû effectuer en ce qui concernait l'adversaire. Je m'en servirai pour permettre à l'un de vos vaisseaux de me rejoindre et de procéder à l'installation définitive de votre émetteur. Votre dernier saut sera ainsi réalisé en quelques heures au lieu de trois ou quatre années.

— Votre offre est aussi magnifique que généreuse, mais plus rien ne presse maintenant...

— Il y a chez moi un proverbe qui dit qu'il faut battre le fer pendant qu'il est chaud et, d'autre part, n'oubliez pas que ce chez moi est très loin d'ici et que je devrai y retourner un jour. Ce n'est pas encore pour tout de suite, et nous nous reverrons sans doute, mais en attendant je compte partir dès ce soir. Sans toi, Lyaaré…

La jeune femme le regarda longuement avec une expression étrange.

— Je m'y attendais, murmura-t-elle. Tu emmènes Doniya, n'est-ce pas ?

— Oui, et elle seule. Tu comprendras plus tard pourquoi et Ucsok également. Non, mon vieux, ne faites pas cette tête, et surtout ne soyez pas jaloux, rien n'est fini et peut-être au contraire tout va commencer. Vous serez sur la première nef nemeshienne qui fera le voyage, dans quelques jours, et j'espère que vous serez consolé…

Doniya détacha son regard du grand écran, tourna vers l'Envoyé des yeux illuminés de bonheur et d'admiration.

— Tu as su retrouver ma Sarand dans l'infini du ciel et m'y ramener ! Rien ne t'est impossible ! Je n'ai jamais douté que ce moment arriverait, ni la prophétie ni ma Voix ne pouvaient mentir. Tu ne peux imaginer comme je suis heureuse… Tiens, regarde l'image, voici notre palais, et le grand parc, et le chemin que j'ai suivi pour aller vers toi. On aperçoit à peine le Vieux Temple au milieu des grands arbres...

— Je sais. Tes descriptions étaient précises et j'ai tout reconnu lorsque j'ai survolé ta planète pour la première fois.

— Comment ? Tu étais déjà venu et tu ne m'avais rien dit ?

— Pas plus à toi qu'à personne. Je voulais te réserver la surprise... En fait, c'était ici que la fusée kegyetlienne se préparait à atterrir lorsque je l'ai détournée de sa route et renvoyée dans l'espace. Ensuite, pour attirer et détruire la flotte adverse, je suis allé ailleurs, vers cette étoile voisine que tu aperçois au centre de l'écran de gauche. Lyaaré n'a jamais rien su de ce déplacement pendant lequel elle dormait ; non seulement je ne voulais pas encore lui révéler l'existence de ton monde, mais il fallait que l'anéantissement des vaisseaux se déroule ailleurs qu'au-dessus de Sarand. Souviens-toi de la prophétie que tu viens d'évoquer. Ce n'est ni pour l'empire de Nemesh ni contre celui de Kegyetl que je suis venu et que tu as été envoyée à ma rencontre, c'était ton monde à toi qui devait être l'aboutissement du grand voyage.

— Donc tout va s'accomplir ainsi qu'il est écrit ?

— A moins que tu ne sois fâchée contre moi parce que j'ai fait l'amour avec Lyaaré ?

— Comme si cela pouvait avoir la moindre

importance ! Elle est très belle et digne de toi, et j'aurais d'autant moins le droit d'être jalouse que je me refusais. Et puis, de mon côté, il y a eu Ucsok... ? Prendre et donner du plaisir sont des choses naturelles et j'aurais été à toi dès le premier jour si je n'avais pas eu de sœur aînée. Même comme cela, il m'a fallu faire un effort terrible pour te repousser ! Enfin, nos trop longues fiançailles vont se terminer...

— On ne sera pas obligés de subir d'interminables cérémonies avant ?

— Tu ne les aimes pas, hein ? Nous non plus, rassure-toi, nous serons tiennes dès que tu le voudras. Ce serait une curieuse coutume que celle qui consisterait à proclamer publiquement que tel jour à telle heure telles et telles personnes vont coucher ensemble, même s'il s'agit d'une reine, de princesses du sang et du Maître des Étoiles !... Nous allons descendre au palais, n'est-ce pas ?

— Sans plus tarder. Toutefois, je crois qu'il serait bon de ne pas atterrir directement sur la pelouse devant le perron d'honneur. La vision de cet énorme monstre de métal dégringolant du ciel risquerait de remplir de terreur tous les spectateurs, et ce serait une déplorable entrée en matière. Le crépuscule est déjà avancé, on va profiter de l'obscurité naissante pour contourner les collines et revenir au ras de la forêt atterrir à la lisière près du Vieux Temple ; l'endroit paraît tout à fait désert. Tu sortiras la première, tu retraceras ce chemin que tu connais bien et tu annonceras ma venue. Je te suivrais... disons après une demi-heure.

Activant les commandes manuelles, Alan guida le *Blastula* au long d'une trajectoire descendante dont la dernière partie suivait le profil des collines de si près que la coque effleurait parfois la pointe des arbres ; on aurait dit un immense oiseau d'argent rasant la forêt à la recherche d'une proie. La nef ralentit. Le grand portique de pierre qui marquait l'entrée de l'ancienne enceinte du temple oublié apparut sur la droite et, tout près d'elle, une clairière se dessina où le vaisseau s'engouffra pour se poser avec une précise douceur.

— Tu as vu ? Le chemin passe juste là derrière, sur la gauche. Vas-y...

Avec une parfaite mimique de servile soumission qui ne parvenait pas à dissimuler son frémissement intérieur de joie anticipée, Doniya s'inclina profondément, glissa vers la coursive et la rampe déjà abaissée disparut dans l'ombre bleutée. Presque aussitôt, Alan se leva, sortit à son tour du poste de pilotage, gagna la section centrale pour s'installer devant le complexe équipement du laboratoire clinico-biologique. Là, rapidement mais néanmoins posément, il collationna les éléments dont il disposait, vérifia leurs recoupements, dialogua pendant quelques minutes avec les ordinateurs spécialisés. Le taux de probabilité de ses hypothèses considérablement accru par l'approbation des circuits électroniques, il passa vers un autre tableau de commandes, procéda soigneusement à divers réglages, contrôla la rigoureuse syntonisation des fréquences et des influx, brancha le relais de la télécommande. Ce qu'il venait de faire ainsi se révélerait peut-être complètement inutile si les déductions sur lesquelles il se basait étaient erronées, mais en tout cas ce ne serait pas dangereux. Tandis que dans le cas contraire... Satisfait de ces préliminaires, l'Envoyé revint dans sa cabine, inspecta sa garde-robe hétéroclite de touriste galactique. Les circonstances valaient la peine de faire un brin de toilette, il allait se présenter devant ses trois fiancées dont l'une était une reine et les deux autres des princesses du sang, un peu de décorum s'imposait. Finalement, il fit choix d'une fine tunique de soie bleue brodée d'or et tissée spécialement pour lui par les mains habiles des jeunes esclaves de Skoër du Cygne, chaussa de légères sandales en plastique diamanté dont la coûteuse simplicité proclamait l'origine centaurienne, agrafa autour de son cou un lourd et souple collier dont les anneaux imbriqués étaient faits de cette variété de platine rutilant qu'on ne trouve que sur Lorela de Procyon. Il compléta le tout en fixant autour de sa taille l'une de ses indispensables ceintures, il en possédait toute une collection allant du cuir le plus grossier jusqu'au métal le plus précieux afin de pouvoir harmoniser cet accessoire avec le costume qu'il portait momentanément, celle qu'il prit allait très bien avec le collier. Évidemment, les produits, le matériel et les défenses miniaturisées contenues dans les invisibles poches secrètes seraient superflus, nul danger ne le menaçait sur ce monde de non-violence, seule la boucle avec son microgénérateur et ses circuits de liaison et de télécommande pourrait être utile. Une dernière fois, il inspecta son image dans le grand miroir, se dédia à lui-même un sourire admiratif teinté d'une douce ironie. Le noble prétendant à la couronne de Sarand était vraiment dans la peau de son personnage.

Se guidant à l'aide du puissant faisceau de lumière projeté par une torche de format ultra-réduit, il coupa au travers des arbres pour gagner le chemin pierreux, émergea de la lisière du bois. A partir de là, il n'avait plus besoin d'éclairage artificiel, l'une des deux lunes venait de se lever ronde et brillante, éclairant suffisamment le paysage pour qu'il ne lui soit même pas nécessaire de faire appel à ses dons de nyctalopie. Il franchit l'enceinte du parc, avança au travers des pelouses et des massifs fleuris en direction de la lointaine masse claire du palais dont toutes les fenêtres étaient illuminées. Au deux tiers du chemin il s'arrêta, une blanche sylphide était apparue et courait à sa rencontre. Doniya n'avait pas eu la patience d'attendre plus longtemps. Elle se jeta dans ses bras, effleura ses lèvres d'un rapide baiser, s'écarta aussitôt.

— Enfin te voilà ! J'ai eu peur que tu hésites au dernier moment ! Mais je vois que tu as pris le temps de te changer, tu es vraiment très beau ainsi. Tout à fait mon Maître des Étoiles. Quoique, même si tu n'avais pas fait cet effort en notre honneur, ça n'aurait rien modifié, mes sœurs sont déjà amoureuses de toi avant de t'avoir vu.

— Les circonstances valaient le sacrifice, chérie. Toi aussi tu as mis une robe de cérémonie, tu es éblouissante.

— Quand tu m'as trouvée, je n'avais pas le moindre bagage et j'avais l'air d'une pauvresse. Ce soir, je suis la fiancée du très haut prince...

Elle le saisit par la main, l'entraîna vers la grande allée menant à la façade du palais et le large perron. Côte à côte ils gravirent les marches, franchirent la haute porte dont les battants de bois sculpté étaient rabattus sur le hall dallé de marbre et brillamment éclairé par les centaines de bougies de cire des lustres de fer suspendus au plafond. Un escalier imposant, aux balustrades ouvragées, montait vers le palier circulaire du premier étage, un vestibule de dimensions normales s'ouvrait sur la droite. Alan marqua un temps d'arrêt.

— Jusqu'ici on ne voit personne dans cette demeure ! Je m'attendais à une nuée de chambellans, de pages, de courtisans et de nobles dames en train de faire la révérence sur notre passage et il n'y a même pas un pauvre petit laquais !

— Tu réprouves les cérémonies, non ? Weena a donné ses ordres en conséquence, tout le monde a disparu pour te céder la place. Tu auras plus tard tout le temps de faire connaissance avec tes sujets quand tu en manifesteras le désir. A part les indispensables servantes, il n'y a plus que nous quatre.

Cette volonté d'intimité n'était pas pour déplaire au Terrien et se poursuivit jusqu'au bout. La porte qui s'ouvrit au fond du vestibule donnait dans une petite pièce claire et tiède au centre de laquelle une table était dressée couverte de vaisselle, de plats, de flacons et de verres ; l'accueil allait commencer par un dîner qui, pour ne pas être d'apparat, semblait être à première vue capable de satisfaire les appétits les plus exigeants. Mais Alan ne s'attarda pas à inventorier ce programme gastronomique, ses deux autres fiancées étaient debout devant lui.

Avant que Doniya n'ait eu le temps de faire les présentations, il les avait déjà identifiées. La plus âgée était évidemment Weena, mais sa qualité d'aînée n'était discernable que lorsqu'on la comparait à la cadette du trio, à peine entrée dans l'adolescence. Si Doniya avait été seule à son côté, on aurait pu prendre la reine pour sa jumelle et en fait elles n'avaient qu'une année de différence. Même peau d'ambre, mêmes yeux d'or, même chevelure de platine blond semblable au collier d'Alan ; c'était à peine si sa poitrine orgueilleuse et la courbe onduleuse de ses hanches avait acquis un peu plus de plénitude et si ses lèvres de parme humides trahissaient davantage de sensualité. Elle était infiniment désirable. Nusia ne l'était pas moins d'ailleurs, avec sa silhouette juvénile et très mince, son visage triangulaire et ses yeux légèrement obliques sous une chevelure plus courte et bouclée comme un casque étroit. Elle offrit l'image troublante et équivoque d'un éphèbe impubère mais ses petits seins durs tendant l'étoffe de sa robe trop sage suffisaient à lever le doute, Alan ne risquerait pas de découvrir au moment psychologique que sa troisième épouse était un garçon.

Il était inévitable qu'une certaine gêne flotte autour des quatre convives au début de ce repas de noces, la venue de l'époux avait beau avoir été prédite et annoncée depuis les temps anciens, sa brusque apparition tombant littéralement du ciel congelait quelque peu l'atmosphère. La nature herbacée des aliments qui s'empilaient devant Alan n'était pas pour le rendre d'une humeur particulièrement expansive, heureusement la diététique sarandienne admettait sans réserve les vins et les alcools puisque ces breuvages dérivaient de la fermentation des sucres végétaux ou, s'ils avaient une origine animale, ce n'était que par l'intermédiaire de sécrétions naturelles et vivantes : le miel ou le lait convenablement traités se transforment aisément en liqueurs parfumées et généreuses à souhait. Le régime alimentaire de la race locale n'avait donc rien à voir avec les dogmes qui régnaient encore chez quelques groupes ésotériques terriens où l'on prétendait que se nourrir de la chair des bêtes ravalait l'homme au rang de ces mêmes bêtes — à ce compte et pour compléter ce raisonnement, l'ingestion de feuilles de salades l'aurait fait régresser au niveau de la laitue, seule l'anthropophagie lui aurait permis de ne pas rétrograder — le menu des Sarandiens ne pouvait comporter de tournedos Rossini ou de truite meunière parce qu'ils étaient incapables de tuer bœuf ou poisson. D'ailleurs, sur Terre, les sectaires du végétarisme par principe sont également des buveurs d'eau puisqu'ils affirment que, tout comme la viande, l'alcool bestialise également l'être humain ; cette théorie de prétendue spiritualisation par le renoncement peut mener très loin et d'abord jusqu'à l'extinction de l'espèce, car existe-t-il un exemple d'animalité plus répugnant que ce rut qui pousse le mâle à se jeter sur sa femelle ? En tout cas, ici, les interdits étaient limités au seul régime alimentaire solide, la boisson avait le droit de réchauffer les esprits et le reste suivrait.

Pour rompre une glace qui par ailleurs ne demandait qu'à fondre, Doniya se montra très vite une remarquable animatrice ; après tout, c'était son rôle puisqu'elle avait déjà eu le temps de se familiariser avec l'hôte. Il lui suffisait de raconter toute l'aventure qu'elle avait vécue et il faut noter à ce sujet que ses sœurs écoutèrent sans le moindre étonnement l'étrange et mystérieux épisode au cours duquel elle s'était endormie sous l'arche du Vieux Temple pour se réveiller sous un autre soleil et voir le Terrien se pencher sur elle. Rien n'est impossible dans le domaine du merveilleux, Weena et Nusia ne furent pas non plus déconcertées en apprenant qu'il existait d'autres mondes habités dans les étoiles et même de grands empires ; pourquoi, parmi les myriades d'astres qui emplissaient le ciel nocturne, leur planète aurait-elle été la seule à avoir donné naissance à une civilisation humaine ? Croire le contraire eût été le symptôme d'un orgueil insensé et il n'y avait rien de psychotique en elles. Seulement, au sujet de ces races inconnues, leur curiosité fut vivement excitée ; elles se mirent à poser d'innombrables questions auxquelles leur puînée et Alan s'efforcèrent de répondre de leur mieux. Et bientôt toute réserve disparut. Deux heures plus tard, après les desserts qui furent les seuls mets que l'Envoyé absorba avec un plaisir non dissimulé, l'atmosphère était complètement détendue. Quelque part

dans l'une des tours du palais, une horloge sonna
et Weena fixa sur Alan un regard direct.

— Désires-tu te reposer seul pour cette nuit ou
veux-tu de nous dès maintenant ? Toi seul peux
décider du jour et de l'heure.

— Pourquoi poser cette question dont tu
connais d'avance la réponse ?... Si toutes les trois
vous étiez vieilles et laides, je solliciterais un répit
pour rassembler mon courage avant le sacrifice,
mais en vous voyant telles que vous êtes, j'ai bien
peur au contraire de me montrer trop impatient.

— Moins que moi... Viens !

Elle se leva et il la suivit. A l'autre bout de la
pièce, elle écarta une tenture, ouvrit une porte. La
chambre nuptiale apparut. En découvrant ce
nouveau cadre, l'Envoyé évoqua brièvement celui
ou Lyaaré s'était donnée ; les draperies tendues
sur les murs étaient presque du même ton gris
perle et le lit était tout aussi bas et aussi attirant,
un seul pas suffisait pour y tomber. Il était
seulement encore plus grand en longueur comme
en largeur, il occupait presque toute la surface ; en
revanche, il n'y avait aucun miroir, pas plus du
reste que de fenêtre. Tout était clos sur une
intégrale et chaude intimité et quand Weena
referma la porte en laissant retomber la tenture
intérieure, le monde extérieur cessa d'exister,
l'isolement devint aussi total que s'ils se fussent
trouvés dans la cabine du *Blastula* au fond de
l'hyperespace. Les deux sœurs cadettes n'avaient

fait aucun mouvement pour les suivre, elles étaient demeurées assises à leur place et nul son ne filtrait pour indiquer si elles s'y trouvaient encore ; la loi de priorité devait être respectée.

Au premier moment, Alan demeura immobile, ne sachant trop dans son ignorance des coutumes sarandiennes à qui revenait l'initiative du premier geste, mais il fut tout de suite évident qu'en sa qualité de reine, la jeune femme avait bien l'intention de mener le jeu. Sa robe glissa avec une rapidité telle qu'Alan se demanda comment elle avait pu demeurer décemment en place jusque-là ; son corps splendidement épanoui se révéla devant lui dans toute son orgueilleuse perfection, vivante statue de chair ambrée d'où émanait comme une aura une brûlante sensualité. Les yeux mi-fermés, les narines dilatées par le parfum du désir qui montait d'elle, elle se laissa contempler pendant de longues secondes puis s'avança et, avec des gestes lents comme des caresses, se mit en devoir de dévêtir sa proie. Seule la ceinture lui opposa quelque résistance, Alan dut la déboucler lui-même, mais la tunique, le slip et les sandales n'offraient aucun problème, elle en vint rapidement à bout et put ainsi vérifier que le Maître des étoiles n'avait rien d'un esprit désincarné. Weena eut un lent sourire de triomphe.

— Tu vas être à moi, murmura-t-elle, à moi... A moi ! répéta-t-elle encore en l'attirant sur le lit avec une sorte de brusque violence.

Et c'était bien ainsi que cela devait se passer. Ce ne fut pas Alan qui fit l'amour avec Weena, ce fut Weena qui posséda Alan. Ce n'était pas lui qui la conduisait vers l'extase, c'était elle qui s'était emparé de lui, ses mains qui le torturaient, ses lèvres qui le dévoraient et quand il fut en elle pour l'ultime éblouissement, il ne l'avait pas ouverte sous lui, c'était elle qui l'avait aspiré, soudé dans sa chair victorieuse. Mais ce que le Terrien avait déjà pressenti en voyant à quel point Ucsok avait été subjugué par Doniya avait joué d'une façon quasi surhumaine ; la fille de Sarand était bien douée psychiquement de cette faculté parasensorielle magnifiant deux voluptés en les unissant en une seule. Elle pouvait se permettre de rechercher son propre plaisir puisque ce plaisir était répercuté chez son partenaire et que, comme pour elle, il pouvait renaître de ses cendres et jaillir de nouveau. Elle était reine, donc dominatrice, et en pareilles circonstances ce n'était nullement désagréable d'être dominé et asservi quand la même chaîne ardente enserre celle qui exige et celui qui se soumet.

Après un dernier baiser, elle se releva et, sans prendre la peine de remettre sa robe, quitta la chambre. Alan glissa le bras vers ses vêtements épars sur le tapis, prit sa ceinture, en extirpa quelques gélules d'ergoneurine ; il en avait déjà prudemment absorbé une à la fin du dîner, mais il

réalisait maintenant qu'il était préférable de tri-
pler la dose pour demeurer physiquement à la
hauteur des événements. Déjà la tenture se soule-
vait à nouveau, livrant maintenant passage à
Doniya. Il n'eut pas le temps de se dresser pour
l'accueillir, la jeune femme était animée d'une
hâte si fébrile qu'elle était nue avant que la porte
ne se soit refermée et elle plongea vers lui d'un
seul élan, l'étreignit.

— Enfin !... souffla-t-elle. Tu ne peux pas
savoir à quel point j'ai mérité ce moment que mes
sœurs n'auront attendu que quelques heures alors
que moi je le désire depuis une éternité...

— Et moi donc ! Ne suis-je pas digne d'admiration pour avoir réussi à me dominer et ne pas
t'avoir violée dès le premier jour et encore plus le
lendemain quand tu as failli me pousser à bout en
te baignant toute nue dans la rivière ?

— Rattrapons le temps perdu, mon amour, je
suis ta chose, fais de moi ce que tu voudras.
Venge-toi...

Cette deuxième joute amoureuse ne ressembla à
la première que par cette empathie sexuelle qui
était un caractère inné de la race sarandienne et un
acquis individuel pour le Terrien. Mais par ailleurs elle fut profondément différente : Doniya ne
cherchait pas à conduire le jeu à sa guise, elle
n'était pas passive non plus, elle ne s'abandonnait
que pour passer à son tour à l'offensive, elle
n'attaquait que pour mieux se soumettre, elle

prenait quand elle était prise, elle était l'égale de son amant. La gamme des savantes caresses, l'arpège gémissant des intimes baisers, les fulgurants accords des enlacements, toute cette charnelle symphonie dura très longtemps, s'apaisant en vibrantes résonances juste au bord de l'ultime vertige, reprenant un *nouveau* crescendo vers d'inconcevables incandescences, toujours plus haut, toujours plus près des insoutenables secondes où la joie et la souffrance se confondent dans l'anéantissement. L'extase suprême explosa enfin, irrésistible torrent balayant tout dans son furieux déferlement pour broyer dans ses lames de feu les deux corps torturés et les rejeter pantelants et brisés sur le rivage.

Après un temps inappréciable, la jeune femme soupira, se releva en cambrant ses reins douloureux.

— Nusia doit commencer à s'impatienter, fit-elle. Elle va venir à son tour, mais, je t'en prie, sois très gentil avec elle. Elle est encore vierge...

Elle ouvrit la porte et presque aussitôt la jeune fille apparut. Mais cette fois Doniya ne quitta pas la chambre pour lui céder la place, au contraire, Weena entra également et ce fut elle qui se mit à dévêtir sa jeune sœur qui se tenait immobile, rigide et frémissante comme une victime prête à être immolée. Bientôt elle fut dénudée, offrant au regard d'Alan la troublante vision de son adoles-

cente gracilité aux seins aigus, à la taille mince et
flexible, au ventre à peine ombré d'une pubes-
cence dorée. Une fleur au calice encore fermé et
qui allait s'éclore pour lui...

Sur l'ordre de Weena, la jeune fille s'étendit à
sa gauche, le fixant de ses immenses prunelles
d'or au fond desquelles tremblait une lueur où il
pouvait lire de l'angoisse mais aussi la montée
encore inconsciente du désir. Puis la reine de
Sarand s'allongea à son tour tout près de Nusia et,
sans se retourner, le Terrien sentit que Doniya
venait de prendre place de l'autre côté et se collait
contre lui. C'était donc ainsi que le rite devait se
compléter ; à partir de l'instant où sa troisième
épouse allait lui être donnée, les deux autres
retrouvaient leurs droits à ce qui n'était pas un
partage mais une union totale où toute préséance
était abolie. Elles n'étaient pas là seulement pour
rassurer ou encourager la débutante, ni comme
spectatrices attirées par un sentiment pervers,
elles se rejoignaient dans la commune intégration.
Alan n'avait pas oublié la recommandation de
Doniya, en tant que médecin, il connaissait mieux
que tout autre la signification de l'acte qu'il allait
accomplir, l'importance et le retentissement que
peut avoir la défloration sur le psychisme d'une
femme et sur sa sexualité future. C'est une
blessure et il dépendait de lui qu'elle soit en même
temps une naissance au bonheur ou un traumatisme incurable, il y fallait tout une tendre et

attentive préparation, un éveil progressif jusqu'à ce que l'appel aux joies inconnues mais prêtes à se libérer submerge toute crainte et tout réflexe de refus, que la route s'ouvre d'elle-même avant d'être forcée. Pour l'Envoyé, c'était l'abc de l'art érotique et, la psycho-syntonisation jouant, il était sûr de ne commettre aucune maladresse ; mais dès qu'il esquissa ses premières caresses, une aide inattendue vint à son secours. Weena et Doniya entraient en lice et, à partir de ce moment il lui devint de plus en plus difficile de percevoir exactement ce qui se passait, à qui appartenait ces mains, ces peaux tièdes, ces cuisses nerveuses. Que faisaient-elles ? Était-ce Nusia ou lui ou tous deux à la fois qui subissaient l'envoûtante torture ? Quatre voluptés exacerbées en une seule — l'unique sensation dont il eut pleine conscience avant que le délire atteignit le dernier seuil, fut que la jeune fille était maintenant écartelée sous lui, et qu'il la pénétrait irrésistiblement. Elle poussa un léger cri puis, soudain, se cambra de toute sa force comme pour le retenir en elle jusqu'au bout, jusqu'à l'ultime spasme pendant lequel, hurlante et déchaînée, elle laboura de ses ongles les épaules et les reins de son initiateur. Enfin ses muscles se dénouèrent, sa tête roula sur le côté pour rencontrer celle de Doniya.

— Que c'est bon !... murmura-t-elle. Tu as senti, toi aussi ?

— C'était très bien, approuva Weena, mais en

ce qui me concerne je ne suis pas encore satisfaite. C'est à toi maintenant de rendre coup pour coup et je vais t'y aider...

Ce fut à partir de cet instant qu'Alan se refusa définitivement de chercher à savoir avec laquelle de ses trois épouses il faisait l'amour et quand les voiles du sommeil s'abattirent sur le champ de bataille, il s'endormit en concluant qu'il n'y en avait qu'une seule, mais qu'elle possédait trois corps. Le grand mystère de la Trinité : l'impérieuse Junon, la voluptueuse Vénus et la combative Diane, toutes trois fondues en une seule déesse terriblement exigeante. Les réserves d'ergoneurine allaient sérieusement diminuer...

CHAPITRE X

En débarquant sur Sarand, l'Envoyé s'était fixé un « temps de réflexion » de six jours avant de parvenir à une conclusion décisive ; c'était un délai minimum pour être sûr d'être vraiment intégré par la planète et de vérifier en conséquence si les dernières hypothèses reposaient sur une base solide ou s'il fallait en imaginer d'autres. Il n'avait donc aucune raison de se presser et aucun remords ne vint troubler une grasse matinée bien méritée. Le soleil avait déjà franchi le zénith lorsque l'impatiente Nusia vint le réveiller, on n'attendait plus que lui pour faire servir le lunch.

L'amour ne vide pas seulement les glandes séminales, il creuse aussi l'estomac, c'est un fait bien connu ; Alan se sentait de taille à dévorer pour trois. Il attaqua avec ardeur les plats verdoyants décorés de tubercules et de racines et laissa volontiers les servantes remplir son assiette aussitôt que vidée. Ces mets étaient d'ailleurs excellents, assaisonnés à point, convenablement épicés et riches en saveur — il s'étonna de ne pas avoir la veille au soir mieux rendu justice à l'art culinaire sarandien. Cependant Doniya l'observait avec une légère inquiétude.

— Tu es sûr que cette nourriture te plaît ou tu veux seulement faire preuve de politesse ?

— Politesse ? Connais pas. Je trouve ce menu positivement délectable.

— C'est bien vrai ? Je te jure que nous ne t'en voudrions pas si tu préférais faire appel au robochef de ton *Blastula* et manger ce que tu appelles des protéines animales. Tu en as le droit, tu es le Maître !

— Du beefsteack ?... Non merci !

Le Terrien réprima une légère grimace. Le seul fait d'avoir prononcé ce mot suscitait chez lui une vague nausée. Rien de plus normal, du reste, il avait toujours eu coutume d'affirmer qu'on ne peut comprendre un peuple ou une race que si l'on partage sa nourriture — « Dis-moi ce que tu manges, je te dirai ce que tu es » — et puis, un bon repas ne souffre pas de discordance, une tranche de viande sanguinolente serait une insupportable fausse note au milieu de ces légumes savoureux. Il se souvint d'Ucsok, comprit que le Nemeshein n'avait pas eu grand effort à faire pour se convertir afin de plaire à sa nouvelle maîtresse, il avait simplement découvert les étonnantes possibilités gastronomiques du régime végétarien ; et encore les cuisiniers de là-bas ne pouvaient sûrement pas être comparés à ceux du palais.

Quand les convives furent pleinement restaurés et que les alcools eurent diffusé leur douce euphorie, Weena suggéra pour le proche avenir un programme qui obtint l'entière approbation de l'époux. Il fallait qu'il prenne connaissance de son royaume, qu'il visite d'abord la capitale, qu'il se montre à sa population afin de bien la convaincre que la prophétie était devenue une vérité. Il n'y aurait pas de grandes cérémonies, les trois sœurs n'y tenaient pas plus que lui, les mœurs de cette civilisation artisanale étaient d'une extrême simplicité, la fraternité et la bonne humeur présidaient à tous les rapports. Les inégalités de classe étaient également très réduites puisque, hors de la minuscule caste royale chargée du gouvernement, il n'y avait pas de titres nobiliaires ni d'aristocratie — ce genre de supériorité individuelle a toujours une origine militaire et comme l'idée même de la guerre était inconcevable, baronnies, comtés ou marquisats ne pouvaient exister ; personne ne pouvait se voir attribuer des fiefs en récompense de son habileté à manier l'épée. Quant à la royauté elle-même, elle était surtout symbolique, une simple parure en quelque sorte, les devoirs du règne étaient loin d'être astreignants. Légiférer était bien inutile, point n'était besoin de changer quoi que ce soit à un état de choses dont tout le monde s'était bien trouvé depuis d'innombrables générations. La perception des impôts ne posait aucun problème, les dépenses du palais étaient si peu élevées que chacun y contribuait sans même s'en apercevoir et aucune armée n'était là pour grever lourdement le budget. Rendre la justice était facile dans un monde où la violence et le meurtre étaient inconnus et la notion de propriété très élastique. Il ne pouvait y avoir que quelques petites discussions surtout d'ordre commercial et, dans chaque quartier ou chaque village, les sages vieillards s'en chargeaient. Tout ce que Sarand attendait des princesses régnantes était qu'elles fussent belles et heureuses. Cela suffisait à réjouir le peuple et puisque la promesse avait été accomplie, tout était bien.

La seconde partie du programme concernait évidemment les heures nocturnes. Depuis le coucher du soleil jusque bien après son lever, les portes du palais se fermaient, le Terrien devenait la propriété exclusive de son petit harem. Il ne demandait pas autre chose, lui qui avait eu autrefois l'habitude de changer souvent de partenaires amoureuses, sentait que, désormais, ni lassitude ni satiété ne risquaient de diminuer son désir, la diversité des caractères et des comportements sexuels qui différenciaient les trois sœurs suffisait complètement à renouveler sans cesse la gamme des étreintes, l'intégration psychique jouait de plus en plus pour entraîner d'inattendues transformations. Il arrivait à Weena de se soumettre comme une voluptueuse esclave, à Nusia d'avoir d'autoritaires exigences. Il n'y avait que Doniya pour être toujours égale à elle-même, c'est-à-dire à chaque instant imprévisiblement autre.

Ce fut elle qui, le cinquième jour, pendant le dîner, rappela à l'Envoyé la dernière scène qui s'était déroulée dans le bureau de l'État-Major nemeshien.

— Tu avais promis à Ucsok et Lyaaré de leur ouvrir la route pour qu'ils puissent venir nous rejoindre. Quand le feras-tu ?

Alan fronça les sourcils d'un air d'ennui.

— Tu as raison, j'ai dit cela... Je l'avais complètement oublié. Je sais bien qu'un honnête homme doit toujours tenir ses promesses, mais il a également le droit de changer d'avis lorsque les circonstances deviennent différentes, et je n'ai plus aucune envie de les voir arriver ici. Et toi ? Tiens-tu tellement à ce que nous retrouvions le goût du passé ?

— Tu sais bien que nous préférons t'avoir à nous seules, mais c'est à toi de décider.

L'image de la blanche Lyaaré entrant dans le cercle enchanté de la chambre close traversa l'esprit d'Alan. Il s'y attarda quelques secondes. Bien sûr, quatre bacchantes, cela ferait vraiment beaucoup, toutefois il y aurait aussi le prince nemeshien pour prendre sa part dans les joutes,

ceci compenserait cela, mais d'autres considérations effacèrent la trop précise évocation.

— Il y a une chose à laquelle tu n'as pas songé,
chérie, c'est que derrière Lyaaré et Ucsok, arrive-
ront les vaisseaux armés de l'empire. Ils établiront
une base militaire sur Sarand et ce sera bien vite
fini de cette paix que nous aimons tant. Non, je
réalise maintenant pourquoi j'ai monté mon piège
sur une autre planète et que j'y ai livré mon
dernier combat. Cette terre-là est inhabitée, qu'ils
en fassent ce qu'ils veulent. Ce sont ses coordonnées que je leur ai fournies, pas les nôtres ; qu'ils
s'établissent au milieu des forêts vierges.

— Tu es sûr que tu ne le regretteras pas ?

— Pourquoi le ferait-il ? s'exclama Nusia.
Laissez-moi prendre la direction de nos jeux tout
à l'heure, il aura tôt fait d'oublier le goût des
peaux anémiques !...

Ainsi fut fait et le lendemain, quand Alan
momentanément solitaire alla se promener dans le
parc pour remettre en place ses vertèbres, la
possibilité qu'il puisse exister d'autres mondes en
dehors de Sarand s'était totalement évanouie si
bien que lorsque, là-bas, au-delà de l'extrémité du
parc dans la clairière du Vieux Temple, la minute-
rie préréglée par lui-même arriva au terme de sa
course, il fut saisi d'une profonde stupeur en
entendant la vibration rythmique de la boucle de
sa ceinture. Tout d'abord, ses réflexes d'astronautes prirent le dessus, les détecteurs de la nef

avaient enregistré un appel et le lui retransmet-
taient. Il fit pivoter le disque ouvragé pour établir
la liaison radio. Mais rien ne vint ni ne se modifia,
le bourdonnement demeura inchangé. En même
temps une étrange obnubilation s'emparait de lui,
son esprit devenait confus, incapable de se fixer
au sein d'un vague tourbillon d'images sans
forme. Il eut la sensation que des mains invisibles
venaient de se plaquer dans son dos, le poussaient
en avant et il se mit à marcher le long du vieux
chemin de plus en plus vite jusqu'à prendre le pas
de course. Il franchit l'enceinte, s'engagea sous les
arbres, vit se dessiner devant lui la coque du
Blastula, sas ouvert et rampe abaissée. A ce
moment, une sensation inconnue qui ressemblait
à de la terreur l'envahit, il tenta de changer de
direction pour repasser sous l'arche et revenir en
arrière mais ses jambes avaient cessé de lui obéir.
Il monta la pente, s'engagea dans la coursive.
Encore une fois, lorsque la porte de la section
centrale s'ouvrit devant lui, il fit un effort surhumain pour résister, se cramponna aux montants et
ses mains lâchèrent prise d'elles-même, ses pieds
continuèrent. Impuissant, affolé, il arriva devant
la table articulée encastrée dans le grand équipement de l'ordinateur-clinique et où il avait si
souvent couché des patients et même des cada-
vres, tenta une ultime révolte inutile. Déjà à demi
inconscient, il s'allongea et la dernière image qui
se grava sur ses rétines fut celle des bras articulés

qui se dépliaient vers lui, le dernier son, celui du
sas qui se refermait automatiquement. Puis ce fut
le néant…

Après une fraction de seconde d'éternité qui
n'avait en réalité duré que quarante minutes, la
vie revint en lui, en même temps que la liberté de
mouvement. Avec un soupir de détente, il se mit
debout, regarda en souriant le tableau de contrôle
fixé sur la paroi opposée et où les témoins
d'activité étaient maintenant tous au repos. Quelle
chance qu'il eût prévu tout ce qui pouvait lui
arriver à Sarand, tout ce qui était arrivé en fait, et
qu'il ait pris les précautions nécessaires… Y
compris le déclenchement du faisceau de radiations qui l'avait privé de volonté et l'avait impéra-
tivement ramené jusqu'ici pour soumettre son
cerveau à l'examen total et sans faille, découvrir le
facteur anormal et le guérir. Guérir, c'était bien le
mot. Il avait été très malade, la proie d'une
affection qui ne risquait ni de le tuer ni de le faire
souffrir, bien au contraire, mais qui faisait
qu'Alan n'était plus Alan. La mort n'est pas
moins une mort quand elle se présente sous la
forme d'un paradis.

Il activa un écran où se déroulèrent les séquences des analyses et les phases du processus thérapeutique ; tout était bien conforme à ses hypothè-

ses : il s'agissait d'un virus psychotrope, une infinitésimale molécule qui ne modifiait en rien la biochimie de l'organisme et touchait uniquement les processus de l'idéation ainsi que leurs moteurs subconscients, transformaient irréversiblement les attitudes mentales. C'était l'action de cet agent qu'il avait pressentie après avoir observé le bizarre changement survenu chez Ucsok en quelques heures et qu'il avait voulu étudier sur lui-même en se soumettant volontairement à l'inoculation. La porte d'entrée du germe était évidente, il ne passait ni par la voie buccale ni par le circuit sanguin, ni même par les trajets nerveux ; la contagion ne se produisait qu'au moment de l'orgasme lorsque spiritualité et sensualité se fondent en une seule conflagration infiniment plus haute qu'un simple phénomène neuroglandulaire pour atteindre le domaine du psychisme lui-même — le prince nemeshien avait fait l'amour avec la séduisante Sarandienne, il avait contracté la maladie virale, il était devenu semblable à elle et à tout son peuple : incapable de concevoir le meurtre même pour des motifs alimentaires — et Alan avait subi le même contage par le même processus. Il n'était pas étonnant qu'il n'existât aucun animal prédateur sur toute la planète, quand le virus s'était répandu, les carnivores pouvaient difficilement se mettre à brouter la prairie, ils étaient morts de faim...

Il se retourna vers le réanimateur, fit glisser un

panneau. Trois grands flacons apparurent dans la cavité pleins d'un liquide jaunâtre et huileux. La machine avait continué à travailler à l'aide des données qu'elle avait enregistrées et à partir du vaste éventail de précurseurs dont elle disposait, elle avait fabriqué l'antivirus — et c'était d'ailleurs bien dans ce but que l'Envoyé avait voulu jouer le rôle de cobaye — les prélèvements automatiquement effectués sur lui-même avaient servi de base pour la production de l'agent thérapeutique. Il ne restait plus qu'à le diluer convenablement et à le diffuser dans la totalité de la basse atmosphère sous la forme d'un invisible aérosol, les sondes autonomes s'en chargeraient. En quelques heures Sarand redeviendrait *normale*. Après, Alan pourrait tenir sa promesse ; établir le faisceau paradimensionnel permettant à un vaisseau d'avant-garde de franchir le dernier pas vers la frontière et de venir installer la base stratégique qui veillerait à la sécurité de l'empire. Seulement, quand la nef nemeshienne émergerait et entreprendrait sa descente, le *Blastula* ne serait plus là, son pilote aurait simplement laissé dans la clairière une petite balise-relais pour assurer un bon atterrissage et aurait été se placer très haut de l'autre côté de Sarand pour récupérer les sondes thérapeutiques et partir définitivement, soit avec le secours d'un nouveau transfert atemporel si les Primordiaux voulaient bien se donner cette peine, soit par ses propres moyens, ça ne représenterait

jamais qu'une petite trentaine de jours en temps-
vaisseau. Quant aux trois sœurs, le Terrien avait
la vanité de penser qu'elles le regretteraient sans
doute, mais puisque Ucsok et Lyaaré arriveraient
très vite, elles pourraient se consoler. Alan eut
simplement une pensée amusée à l'égard du
prince blond qui aurait affaire non plus à trois
épouses mais à quatre, mais il saurait se montrer à
la hauteur grâce à un régime plus tonique et
reconstituant que la salade de carottes râpées.
L'Envoyé retraversa la coursive pour gagner l'habitacle, jeta un coup d'œil sur les écrans de vision
extérieure ; tout allait bien, la clairière demeurait
déserte, les jeunes femmes ne s'étaient pas encore
lancées à sa recherche — du reste il n'était que
onze heures du matin. Il restait donc assez de
temps pour effectuer la dernière phase de la
mission, enclencher le faisceau paradimensionnel,
charger les sondes, les lancer, déposer près de
l'arche la balise qui assurerait le relais du champ
jusqu'à la sortie de l'astronef d'Ucsok et le
conduirait ensuite jusqu'au sol. Quand tout fut
terminé, il examina encore les environs, constata
qu'il n'y avait toujours personne en vue. Satisfait,
il se pencha sur le clavier de pilotage, lança
obliquement le *Blastula* vers l'espace.

La première chose à faire maintenant était de
céder à cette envie irrésistible qui le tenaillait
depuis un moment : manger de la viande, une
belle entrecôte garnie, bien dorée et cuite à point,

accompagnée d'une vieille bouteille poussiéreuse tirée de la réserve secrète. Les robots invisibles s'activèrent, le plat tant désiré glissa devant lui ; il empoigna sa fourchette et son couteau. A ce moment précis, la porte de la cabine glissa dans son cadre, une silhouette blonde se découpa sur le seuil.

— Quelle bonne odeur ! s'exclama Doniya. Je dormais profondément lorsqu'elle est parvenue jusqu'à mes narines... Tu permets que j'en goûte, moi aussi ?...

Il apparut très vite que la jeune femme ne s'était pas introduite clandestinement, elle se trouvait encore dans le palais quand elle avait cédé à un brusque sommeil pour se réveiller dans la chambre d'Alan. C'était en quelque sorte un cadeau que lui faisaient les Primordiaux, peut-être pour le remercier d'avoir, malgré ses premières erreurs, finalement compris leurs intentions, peut-être aussi dans un autre but qu'il était inutile de chercher à comprendre pour le moment. Ce pouvait être aussi tout bonnement pour que les données numériques soient respectées, tout comme son prédécesseur, Ucsok n'aurait que trois épouses en comptant sa séduisante cousine ; la belle walla n'était peut-être pas tout à fait aussi « envoûtante » que les Sarandiennes mais, la fonction créant l'organe, elle apprendrait vite. Quant à Alan, il aurait désormais moins à craindre l'épuisement physique et sa passagère inattendue était bien suffisamment douée dans les arts érotiques pour savoir être autre quand il le faudrait. Ce qu'elle ne demanda qu'à lui prouver quand son appétit pour les nouvelles et succulentes nourritures calmé, une autre faim s'éveilla en elle...

Quand revinrent des moments plus apaisés et alors que le *Blastula* avait déjà quitté l'univers matériel pour l'isolement sans limites du continuum, Doniya donna libre cours à sa curiosité et voulut connaître les raisons qui avaient dicté la conduite d'Alan. Elle réalisait pleinement que quelque chose d'extérieur à elle et même à lui avait dominé tout au long ; n'avait-elle pas été le jouet de puissances inconnues lorsqu'elle avait été transportée à sa rencontre d'abord, puis encore tout à l'heure au travers de l'indestructible et hermétique coque de la nef ? Il s'efforça de tout expliquer au mieux des possibilités de la jeune femme, insistant sur le fait que Sarand était sous l'emprise pathologique d'un invisible facteur qui rendait à sa surfact toute forme de vie anormale par rapport au reste de la Galaxie. Il n'était somme toute venu qu'en qualité de médecin pour découvrir et appliquer l'indispensable thérapeutique.

— Mais aussi pour empêcher qu'une guerre n'éclate entre deux empires ?

— Ce n'était qu'un épisode intermédiaire. Le véritable but allait plus loin. Il fallait que le jour où l'expansion de l'une ou l'autre race atteindrait ta planète, ce fût celle de Nemesh et non celle de Kegyetl. Vois-tu, il se trouve que, dans le premier cas, les rapports sexuels qui ne manqueraient pas de s'établir entre les occupants et les occupés seraient féconds, vos chromosomes sont compatibles, tandis que les Kegyetliens présentent certaines différences dans l'anatomie et la chimie de leurs organes reproducteurs. Je m'en suis assuré en examinant l'un d'eux. Non seulement ils ne pourraient engendrer avec les tiens, mais ils ne pourraient même pas faire l'amour, le virus ne se transmettrait donc pas à eux, ils demeureraient inchangés.

— Je vois. Ils ne pourraient tirer aucun plaisir de nous et nous élimineraient, ou tout au moins nous réduiraient en esclavage. Tandis qu'avec Nemesh... Mais alors, l'empire blanc serait devenu semblable à nous, pacifique ; quand l'adversaire aurait repris son offensive, il aurait été incapable de se défendre et aurait été écrasé ?

— Pas nécessairement. L'instinct d'autoprotection aurait subsisté et je leur aurais fourni les moyens d'établir un mur infranchissable. Mais ça va encore bien plus loin que ça... Oui, de proche en proche, ils seraient tous devenus des Sarandiens et quand, comme ma propre civilisation, ils auraient vraiment conquis les étoiles, le virus se serait propagé avec eux.

— Oui... mais au fond, aurait-ce tellement été un mal ? La paix et la non-violence d'un bout à l'autre du Cosmos...

— C'était bien cela qu'il fallait éviter, mon amour, et j'ai mis du temps à le comprendre. L'homme, l'être porteur d'intelligence, a été créé par le mécanisme de la sélection, la survivance du plus apte, du plus fort. Il est le sommet actuel de l'évolution, un sommet qui n'est pas final, car il doit continuer à progresser, à devenir toujours plus parfait, plus riche de tous les possibles qui sont en lui et qui ne sont pas encore éveillés. L'humain doit atteindre le surhumain. Il n'a pas le droit de s'arrêter car devenir statique, c'est entamer la régression, retourner vers la matière. Il faut qu'il continue à lutter. Il faut que les plus forts éliminent les plus faibles, que les tares récessives cessent de constituer un frein...

— Mais alors...

— Oui, Doniya. La violence et l'orgueil sont des moteurs nécessaires, la paix est un enlisement. Le meurtre, la guerre doivent continuer pour que la vie elle-même continue...

DÉJA PARUS DANS LA MÊME COLLECTION

VIENT DE PARAITRE :

Georges Murcie   Le non-être

A PARAITRE :

Gabriel Jan   Maloa

ACHEVÉ D'IMPRIMER LE
25 JANVIER 1977 SUR LES
PRESSES DE L'IMPRIMERIE
BUSSIÈRE, SAINT-AMAND (CHER)